光文社文庫

文庫書下ろし

思い出トルソー

針の魔法で心のホコロビ直します

貴《たか》水《み》 玲《れい》

光 文 社

この作品は光文社文庫のために書下ろされました。

目次

登場人物

日壁《くさかべ》エレナ　北浦和にある『手芸の店　デイジー』の店主。裁縫師だったイギリス人の祖母の技術を受け継ぐ。

悠木智広《ゆうきちひろ》　北千住にある『テーラー・ランタナ』の三代目オーナー。元ホスト。

織方惣二郎《おがたそうじろう》　『テーラー・ランタナ』のベテラン裁断師《カッター》。強面。

来宮《きのみや》ナナ　智広の幼なじみ。クリーニング屋の娘。

プロローグ

『自分の人生に恋をしなさい。うれしい日にも悲しい日にも——あなたが送るとっておきの毎日にね』


懐かしい声に呼ばれたような気がして、エレナは目を覚ました。

淡い光をはらんで、レースカーテンがゆったりとそよいでいる。どうやら窓を開けたまま朝まで眠ってしまったらしい。

いつベッドに入ったんだっけ、と眠い目をこする。

ふいに鼻をかすめたのは、リンゴのような甘い香り。裏庭に咲くカモミールの花だろう。それからほんのりと雨の匂いも。

関東地方も梅雨入りしたと数日前にラジオのニュースで流れた。

エレナの住む北浦和《きたうらわ》の街もここのところ雨の日が続いているが、昨日は夕方から晴れて夜には星も見えていた。でもまた降り出したのだろうか。

もそもそと起き上がり、サイドテーブルにある丸い卓上カレンダーとペンを手に取った。

今日の日付――六月十三日にマルをつける。土曜日だ。

――おばあちゃんの夢、久しぶりに見た気がする……。

カレンダーを戻し、揺り椅子がある南向きの窓辺をぼんやりと眺めた。

夜風が心地よかったので、昨夜は繕いものをしていたのだ。椅子の上にはカギ編み棒とクロッシェレースのストールが置きざりのまま。祖母が昔編んでくれたお気に入りだ。

ベッドを出て、うーんと大きく伸びをした。壁掛けの真鍮製の丸鏡を覗き込む。

眠そうな痩せた顔は、色白と言えば聞こえがいいが青白くて不健康そうだ。

分厚い前髪と胸くらいまである長い髪はうねうねでボサボサ。天然パーマは楽じゃない。

こんな湿気の多い季節はとくに最悪だ。

相変わらずの冴えない姿から目を逸らし、カレンダーの横に置いてある古い本の装丁をそっと撫でた。いつものルーティーンだ。

「おはよう、おじいちゃん」

『夜霧の王国』というタイトルの外国の児童文学は、祖父である日壁《くさかべ》霜一《そういち》が翻訳した本だ。まったく売れなかったという。でもエレナにとっては、一度も会ったことのない祖父が存在したことを示す大切な証である。

刺繍《ししゅう》のルームシューズに足を通し、キシキシと鳴る木の床にそっと踏み出す。

色あせた壁紙、裁縫道具や端切れで埋もれたティーテーブル、年代ものの足踏みミシン
——自分と同じパッとしない我が家の風景が視界になじんでくる。

「おはよう、おばあちゃん」

窓辺にたたずむ一体の古いトルソーに触れてから、カーテンを開けた。

柔らかな朝陽が差し込む。裏庭の草花が朝露に濡れてキラキラと輝き出す。

——今日はどんな一日になるのかな。

何かあったら素敵。でも何もなくても、とっておきの毎日の一つになるはず。

澄んだ青空を見上げ、エレナは口元を綻ばせた。

北浦和は、埼玉県さいたま市浦和区内に位置する静かなベッドタウンだ。

県庁の最寄である浦和駅からは一駅。都心まで京浜東北線で約四十分。

そこそこ交通アクセスもよく、駅前には商店街などの買い物施設が充実しており、緑豊かな大きな公園もある。古くから文教エリアとしての側面もあって学校も多く治安もいいことから、ファミリー層や学生に人気のほどよく栄えた住みやすい街だ。

「はぁあ……何度見ても美しすぎるぅ……」

カウンターでうっとりとサンプル帖を眺めながら、エレナは恍惚《こうこつ》のため息を吐《つ》いた。無意識に鼻息が荒くなる。開きっぱなしの口から「ドゥフフ」という謎の笑いが漏れた。

北浦和駅東口から徒歩十五分。閑静な住宅地の一角に『手芸の店 デイジー』はある。くすんだ青い屋根の洋風の古民家。その古めかしさを隠すように外壁には蔦《つた》が絡みつき、入り口に掲げたアイアン製の看板も同じように覆われて、一見店だとはわからない。次々と新しいマンションや家が建ち生まれ変わっていく街並みの中に、時代遅れの姿でひっそりと取り残されている。

「……ネルさん、よだれ出てるよ」

ふいに聞こえた呆《あき》れ声に、エレナは「ふえっ」と我に返った。

マッシュルームのような髪形の華奢《きゃしゃ》な少年がレジカウンターの向こうに立っている。虹が描かれたオーバーサイズのピンクのTシャツが目を引く。長い前髪に隠れてまったく見えないが、たぶんすごく残念そうな目をしてこっちを見ているはずだ。

「あ、円佳《まどか》くん来てたんだ〜。いらっしゃい」

慌てて口元を拭《ぬぐ》う。まったく気づかなかった。この店のドアベルを鳴らす唯一のお客様だというのに。

「あのさ。僕はもうネルさんの奇行には慣れてるからいいけど、外でそんな顔したり、妄想するのダメだから。職質確実だから。女の子なんだから気をつけなきゃ」

引っ張ってきたポルカ・ドット柄のどピンクなキャリーバッグを横に置いて、カウンター前の丸椅子に円佳はいつものように座った。

お小言をもらい、エレナは「……すみません」と首をすくめた。

年下の――まだ十七歳の高校生である円佳に『女の子』扱いされるのもなんだか恥ずかしい。なんせ今年で二十三歳、世間では自立した大人の年である。

「またレース帖見てたの？　よく飽きないね」

「何言ってるの、円佳くん。飽きるわけないじゃない、これは私の命だもの！」

カウンターに広げている分厚いレースのサンプル帖を、エレナは両手で抱えた。

貴重なアンティークレースの端切れを集め、貼り付けたものだ。マニア垂涎《すいぜん》のレアなハンドメイドのものもある。

「レースはこの世でもっとも尊い芸術品よ。この儚《はかな》い糸から生まれる美しく繊細な模様……神の御業《みわざ》ともいえる洗練された技の数々……ああ、これだけでごはん三杯はいける」

「僕も同志だから夢中になる気持ちはわかるよ。でもねネルさん、お金がないとごはんも食べられないんだよ。いつも思うんだけど、お店の経営は大丈夫なの？　お客さん来てる？」

三、四人入ればいっぱいの、所狭しと商品が詰め込まれた店内を円佳が見回す。

ボタンが入ったガラス瓶、カラフルなリボンや刺繍糸、レースや端切れの束。イギリス製中心のヴィンテージ品ばかりだ。時々掘り出し物を見つけると仕入れたりもする。

「え、来てないよ。円佳くん以外は全然。でも平気だよ。メインの通販で売上はあるから。それにほら、私接客苦手だし」

デイジーは、三年前に他界したイギリス人の祖母エレノアが始めた店だ。祖母が亡くなって一度閉めたが、二年前にエレナが再開した。

その人柄を慕って店に訪れる人も昔はそれなりにいて、円佳もその一人だった。今も、わざわざ栃木県の小山《おやま》市から月に一、二度電車で来てくれる。

祖母は出会いや縁を大切にする人で、相手の顔を見て丁寧に接客するのが好きだった。だが対面はエレナ向きではないので、別の方法を取り入れた。インターネットはすごい。ホームページやSNSさえあれば、誰にも会わずに商品を売ることが出来るのだから。海外からの仕入れも多いが、そっちもすべてネット経由でやりとりしている。

「ハンドメイドマーケットのサイトにも出品し始めたんだっけ」

「うん、古着をリメイクした小物とかを少しね。でもわりと好評で、毎回全部売れてて」

「ネルさんの裁縫の腕はプロ級だもん、売れるに決まってる。うちのラファの服だって、SNSに写真上げるとエグい勢いで『いいね』つくし。どこで売ってるかよく聞かれるよ」

キャリーバッグから大切そうに取り出した人形を、円佳がカウンターの端に座らせた。

パステルピンクの髪と青い目のカスタムドール。円佳の嫁である。

今日の衣装は円佳の母親の若い頃のスカートをリメイクして作った、裾がパラソルのように広がる一九五〇年代風ドレス。中のパニエはヴィンテージレースをたっぷり使った三段ティアード仕様だ。袖はレース編みのパフスリーブ、両手にはお揃いのショーティー。フェルトのクローシェ帽には、スタンプ刺繍《ワーク》と呼ばれる立体刺繍のコサージュをつけた。

「ああっ、ラファさんよくお似合いで……！　ふふ、そう言ってもらえるとうれしいな。これが唯一の取り柄だから」

我ながらいい仕事をしたと、エレナははにかむ。

祖母は腕のいい裁縫師だった。刺繍もレース編みもミシンの使い方も、全部教わった。仕立ても補修も、一通りのことは出来るつもりだ。エレナのワードローブも、祖母か自分で仕立てた服がほとんどを占めている。

自分の体形に合った自分だけの服は、着れば着るほど肌なじみがよく手放せない。ほっれやシミ、穴を見つけたら、ダーニングや当て布でお直しして着続けている。

「でもネルさん、技術あるのに新しい服は全然作らないよね。クタクタの服ばっかり着てるし。もっとおしゃれすればいいのに。その中学生みたいな三つ編みもやめてさ」

「こ、これが好きなの。それに出かけるのは買い出しだけだし、誰にも会わないもの」

けなされた三つ編みを、エレナは両手で顔の方に引き寄せた。ダサくても、頑固なくせ毛をしまいこむのにこの髪型はちょうどいいのだ。

「え〜、もったいないよ。ネルさん、いい年して夢見る少女で陰キャで変態で、三年間も引きこもりしてるけど、素材はいいんだから。その光の加減で青みがかって見える目とか、金茶の交じった髪とか。肌も白くて透明感あって、さすがクォーターって感じだもん。しかも『日壁エレナ』なんて美人ネーム！　ドールオタクの上チビでモブ顔の無個性の僕からしたら、羨《うらや》ましいくらいだよ。キャラ変さえすれば絶対モテるのに。ねえ、ラファ」

褒められているのか、けなされているのかいまいちつかめないエレナの方に、円佳はラファを向けた。その大きな目がエレナの、祖母譲りの容貌を映す。

「え、円佳くんはわりと個性的だと思うよ……。いやいや無理だよ。私、根暗だし、話すの下手だし、見た目でも得したことなんて一度もないもん。名前だってエレナって柄じゃないし、名付け親のおばあちゃんに申し訳ないくらいで」

祖母は漢字が苦手だったので、カタカナにしたらしい。

大好きだった祖母からの贈り物なので不満はないが、周囲からは『名前負け』『期待外れ』と笑われていたことは知っている。

もともと目立つことは苦手だし、人付き合いも向いていない。だから極力避けてきた。そのせいで小・中・高と友達もいない、裁縫にすべてを捧げた限りなく地味な青春時代だったが、別に悔いはない。

「私は居心地のいい場所でお裁縫をして暮らせればそれでいいんだ。服も、持ち物も、家も今あるもので十分。おばあちゃんが言ってたの。『必要とされる場所には、自然と導かれるもの』って。きっと私にはここなんだと思う」

小さな店と、バックヤードの居住スペース、それから草花であふれる裏庭。

大好きな祖母はいないけど、愛《いと》しいものをたくさん受け継いだ。必要なところにすでに導かれているのだと思う。

「じゃあずっとここに引きこもってるの？　ずーっと一人で？　そんなの」

「大丈夫、私けっこう幸せだよ。友達なら円佳くんがいるし、毎日好きな物に囲まれて過ごせるなんてむしろ贅沢の極みだもん」

平凡でも、変わり映えがなくても。そんな日々がエレナの最愛の恋人だ。

「ねえ、そんな話より、今日はいいものがあるんだ。チェコ製のガラスボタンでね——」

レース帖を閉じて、エレナが立ち上がろうとした時、

「——ごめんください」

カラン、と軽やかなドアベルの音が店内に響いた。


「そ、粗茶でございます……」

紅茶も『粗茶』で合っているのだろうか。

エレナは震える手で客人の前に花柄のティーカップを置き、自分用の丸椅子に座った。

「ありがとうございます。頂きます」

カウンターを挟んで座る青年が、並びのいい白い歯をみせてにこやかに微笑《ほほえ》む。

エレナの祖母、エレノアに会いに来たと青年は言った。

祖母は他界したと告げると「お孫さんですか？」と訊《き》かれた。そうだと答えると、「ぜひともお願いがある」と頭を下げられたので、とりあえず店内に通したのだ。

上品なダークブラウンの髪色が似合う、俳優かモデルのような整った顔立ちをした青年だ。ドアから現れた瞬間「お、王子キタ……！」と円佳が取り乱したほどに。

「え、ええと、お願いって何の用ですか？　……とその前に、ど、どちら様でしょうか」

おずおずと青年に尋ねる円佳の横で、エレナは青年の着衣に目を奪われていた。

——いい生地だなぁ。

ネイビーのテーラードジャケットと、青色の一本格子が入ったグレンチェックの細身のトラウザーズ。ジャケットの下のシャンブレーシャツに合わせているのは、ブラウンとダークブルーのレジメンタルタイだ。

英国風のジャケパンスタイル。上着の素材はサマーウールだろうか。上質そうだ。

全身ピカピカ。でもチェスナットブラウンの革靴は少し使い込まれたもののような気がする。なんにせよ、姿勢もよくバランスの取れたスリムな体形なので、タイトにまとまった英国式スタイルがよく似合う——。

「……さん、ねえ聞いてる？　ネルさんってば！」

「——え？」

腕を揺さぶられ、エレナは目を瞬《まばた》いた。隣に座る円佳が「ほら早く！」と促してくる。

唇が青い。緊張からだろう。

王子騒ぎをした後に「小山に帰る」と出て行こうとしたのを無理やり引き止めたのである。一介の引きこもりに突然の来客対応など無理なので、助太刀が必要だったのだ。

青年が名刺を差し出しているのに気づいて、エレナは慌てて「すっ、すみません」と手を伸ばした。

黒い台紙に金色の文字。ミラーボールのように光を放つ特殊加工がされた、やたら派手な名刺だ。

――CLUB《クラブ》 REGALO《レガーロ》 TOMO《トモ》……？

「――失礼。間違えました」

青年がさっとエレナの手の中の名刺を回収し、別のものと差し替えた。

今度は落ち着いたブラウン地に、白抜き文字で店名らしきものと名前が印字されている。

「テーラー・ランタナ……の悠木智広《ゆうきちひろ》さん」

「はい。北千住《きたせんじゅ》にある小さな仕立屋です。そこのオーナーをしています」

――仕立屋の……オーナー？

名刺から浮かせた視線を、エレナは青年――智広にそっと移した。

テーラーは紳士・婦人服のオーダーメイドを請け負う裁縫師のことである。

エレナのように趣味で裁縫を嗜《たしな》む者とは違い、一人前になるには十年以上かかるとも言われる、高度な洋裁技術を有するプロの職人だ。

それにしてはずいぶん若い気がする。自分と同じか少し上くらいだろうか。装いは洗練されているが、仕立て職人というよりは青年実業家という方がしっくりくる。

「オーナーといってももともと父の店なんです。先月心臓の病で急死して引き継いだばかりでして。なので僕自身は職人じゃないんですよ」

エレナの心を読んだように、智広が付け足した。

「あの、それで……ネルさん……エレナさんにお願いってなんですか？」

縋《すが》りつくようにラファを抱きしめながらも、円佳が果敢に訪問理由を追及する。

キッチンで一緒にお茶の用意をしながら「僕だってコミュ力自信ないの！」と目隠しマッシュルームヘアを振り乱していたが、いざという時は頼りになるし責任感も強いのだ。

女の子のように小柄な円佳だが、エレナを守ろうとしてくれているのだろう。

「はい。本題に入らせて頂きますと、あなたのおばあ様が仕立てたウエディングドレスのリメイクをお願いしたいんです」

「おばあちゃんが作ったドレス……？」

「聞いていませんか？　エレノアさんは、かつてうちの裁縫師だったんです」

——おばあちゃんが、この人のお店で？

確か祖母は昔、委託で婦人服の仕立ての仕事をしていた。エレナが子どもの頃だ。

陽だまりの部屋に響く規則正しいミシンの音。ペダルを踏む背筋の伸びた後ろ姿。

その傍《かたわ》らにあるトルソーはいつも夢のように綺麗なコートやドレスで飾られていた。

その服を着てお姫様になった自分を想像したものだ。

思い出が甦《よみがえ》り、エレナは胸元を押さえた。

なんだろう、ドキドキする――始まりの予感が降りてきたように。

「素晴らしいドレスメーカーだったとか。その技術をすべて受け継いだお孫さんがいると、うちの店の者がおばあ様から聞いたと――あなたのことですよね？　日壁エレナさん」

智広がまっすぐにエレナを見つめた。

「どうかうちの店に来て頂けませんか。あなたの力が必要なんです」

第一話　姉妹のマリエ

「あれ、迷った……？」

ポシェットの紐を握りしめ、エレナは頭上の曇天に問いかけた。

路地裏から見える空は狭い。憂鬱《ゆううつ》と不安で出来たかのような分厚い鉛色の雲は、今にも落下してきそうだ。

──北千住駅から徒歩十分て言ってたよね？

名刺裏の地図通りに来たつもりだが、かれこれ二十分は歩いている気がする。

さっきまで賑《にぎ》やかな商店街にいたのだが、脇道に入るタイミングを誤ったようだ。それ以降、トタンの塀や廃屋がちらほら目立つ迷路のような細い道を彷徨《さまよ》い続けている。

三日前にデイジーにやって来た悠木智広から詳しい話を聞くために、エレナは三年ぶりに外の世界に出て、東京の北千住へ出向くことになった。

昨日彼に電話をかけたところ「明日店に来れないか」と言われたためだ。

本当は円佳に付き添って欲しかったが今日は火曜日、彼は学校だ。他に頼れる人も友達もいない。心細かったが一人で行くしかなかった。

久しぶりだったけれど、電車は乗り継げた。地図もあるので大丈夫なはずだった。

テーラー・ランタナは千住仲町《なかちょう》方面にあるらしい。

駅の西口から歩いて十分弱のところだと智広にも聞いていたので、駅前の長いアーケード通りや、都会的な駅前とは対照的な昔ながらの商店街の風景を楽しみながら進んできたけれど、完全に迷子だ。約束の時間の十四時はとっくに過ぎている。

——やっぱり、悠木さんに迎えに来てもらえばよかったかな……。

北浦和まで車で迎えにいこうかと提案されたのだが断ってしまった。

端整な容姿に加え物腰も言葉遣いも丁寧で紳士的だったが、まだ彼のことをよく知らない。密閉された車中で到着までの間二人きりで何を話せばいいのか。話が合うとは思えない。考えただけでもストレスになる。無理だ。

『運命は必要とする人のところに降りるの。その時が来たら、怖くてもドアを開けなさい』

本当は引き受けるかどうかはまだ迷っている。でも背中を押したのは、祖母の言葉だ。

それに祖母が仕立てたウエディングドレスを是非とも見てみたかった。

――でもまず辿《たど》り着かねば……。なんとかって商店街にあるって言ってたけど。肝心の名前をど忘れした。

電車に乗る前に本屋で足立区のガイドブックを立ち読みしたが、荒川《あらかわ》と隅田川《すみだがわ》に挟まれた中州のような北千住の街には、二十以上の商店街があるという。そしてあちこちに、まるで過去にタイムスリップしたかのようなノスタルジックな細い路地が無数に伸びている。

残念ながら周囲に通行人はおらず、智広に連絡したくともあいにく携帯電話がない。三年前に引きこもってから必要性を感じず、解約してしまったのだ。家の電話と、パソコンとネット環境があれば商売には事足りる。

途方に暮れていると、背後でにゃーお、と声がした。

振り向くと、電柱の陰に一匹の黒猫がいた。長い尻尾をくねらせながら、黒猫はエレナと逆方向に歩き出す。

「――黒猫は幸運のしるし……」

イギリスではそう言われている。付いて行ったらいいことがあるかもしれない。レースアップシューズを履いた足を、エレナは黒猫の方に踏み出した。

――おじいちゃんの本の中にも、こんなシーンがあったな。

主人公の姉弟が黒猫に導かれて王国へ行く場面だ。なんだかウキウキしてきた。

猫を追って右へ左へ。曲がり角を折れていくと、赤レンガの敷かれた通りに辿り着いた。通り沿いには両側に店舗が軒を連ねており、ガス灯を思わせるレトロな街灯が瀟洒《しょうしゃ》な雰囲気を醸し出している。

「アザレア通り商店街……そうだ、ここだ！　猫さんすごい……！」

街灯のアーチ部分に通りの名を見つけて、エレナは歓喜した。

黒猫は近くのクリーニング店の入り口に寝そべっている。駆け寄ろうとすると、引き戸が開いて一人の女性が出て来た。

ボリュームのあるオレンジブラウンの髪をサイドでポニーテールにした、二十代半ばくらいの美女だ。

デニムのショートパンツから伸びた長く細い足が眩《まぶ》しい。羽織っている薄手のスカジャンの背には、ど派手な鳳凰《ほうおう》がいる。

「おーノラ子、今日は短い散歩だな。一雨来る前に帰って来たのか」

しゃがみこみ、女性が黒猫の首筋を撫でる。それから「あ、お客さん？」と切れ長の目でそばにいるエレナを見上げた。

――ヒッ！　ギャギャギャギャギャル、怖い!!

つけまつげとアイライナーで縁どられた目力に圧倒され、息をのんだ。もしかしてカツアゲされちゃうのだろうか――でも黙っている方が事態を悪い方向に導くかもしれない。

「いっいえ、そ……その猫さんにお礼を」

「お礼？」

「ま、迷っていたところを、ここまでご案内してい、頂きまして……」

ビクビクと口を開くと、女性は「ああ」と納得した様子で立ち上がった。百五十三センチのエレナより頭一つ分背が高い。

「コイツが連れて来たのか。商店街に住み着いたノラでさ。たまにあるんだよね。ここに用事？　駅前と違ってたいした店はないけど」

「は……はい、あのこのお店に……」

目を見ないようにしながら、エレナはカーディガンのポケットに入れていた智広の名刺を震える手で差し出した。女性が上から覗き込んでくる。

「え、あんたもトモの追っかけ？　それにしちゃずいぶんガキっぽいな……」

「ト、トモ？　おっ……かけ？」

「まあいいや、付いてきな。案内してあげるよ。その店、わかりにくいから」

ブランドもののショルダーバッグを担いで、女性が颯爽《さっそう》と歩き出す。

――あれ、いい人みたい……？

わけがわからないまま、黒猫に「ありがとう」と囁《ささや》いてから、エレナは後を追った。

アザレア通りの花屋とレトロな喫茶店の間にある路地を入った先に、テーラー・ランタナは店を構えていた。

路地裏に馴染《なじ》んだレンガの壁にステンドグラス窓のある紅茶色のドア。台形窓を囲むように、壁際ではピンクの蔓《つる》バラが妖精の羽のように可憐な花びらを揺らしている。

——隠れ家みたい。

どこか懐かしいような、心惹《ひ》かれる佇《たたず》まいだ。

店名の『ランタナ』は確か花の名前だっただろうか。英字で店名の刻まれた銅板プレートを見上げて思い出そうとしていると、女性が高級感漂うチーク材のドアを遠慮なくバン、と雑に開けた。

「おい、トモ。邪魔するぞー」

「あれ、ナナじゃん。今から出勤？」

中から聞こえたのは智広の声だ。明るくてよく通る。どうやら二人は知り合いらしい。

「今日は休み。これから買い物と飲み会。その前に届け物だ。通りで迷子になってたぞ」

「迷子？　……あっ、日壁さん！」

ナナと呼ばれた女性を避《よ》けて、ひょいと智広がドアから顔を出す。

「心配してたんですよ、なかなか来ないから。様子を見に行こうかと思ってた」

「お、お待たせしてすみません……！　そ、それと、ご案内ありがとうございました」

ポシェットの紐を両手で握りしめながら、エレナは女性と智広に頭を下げた。

「たいしたことじゃないから気にすんな。しっかしさぁ、トモ。お前見境なさすぎじゃない？　こんなウブそうな子まで食い物にするなんて、まさか未成年じゃないよな」

女性が智広の肩を手でどつく。ラインストーンが光る黒いスカルプネイルはまるで毒針だ。刺さったら痛そうだな、とエレナは身震いした。

「食い物……って違うよ。彼女には朝香《あさか》姉妹のドレスの件で来てもらったんだ」

「じゃあこの子が例の裁縫の達人の孫？　どうりで、ホストクラブに行くようなタイプには見えないと思った」

——ホストクラブ？

話が見えずエレナは交互に二人を見つめた。

「そう、リメイクを引き受けてくれたんだ。それに未成年じゃないし。二十三だっけ？」

智広の問いかけに頷《うなず》くと、女性——ナナが勢いよくポニーテールを翻《ひるがえ》し「えっ、あたしとタメじゃん！」と叫んだ。「ええっ！」とエレナも声を上げた。

「ウソ、ちょうびっくり。でも奇遇だね。あ、あたし来宮《きのみや》ナナっていうんだ。よろー」

同級生なんて異次元すぎる。

しかしナナはざっくばらんで気さくな性格のようだ。見た目とのギャップに面食らいながら、エレナは流されるまま「どうも……」と握手に応じた。

「ナナはすぐそこのクリーニング屋の娘で、幼なじみ……みたいなものかな。ええと、こちらは日壁エレナさん」

「クサカベエレナ？　あはは、源氏名かよ！　めっちゃ名前負けしてんね！」

「お前失礼だろ。そういえば『ネル』って呼ばれてたけどなんで？」

「ええと……おば、祖母がつけてくれた愛称で……私小さい頃から毛糸とか布が好きで、とくにフランネル生地がお気に入りで、隙あらばよくすまきになっていたと」

「それでネル？　じゃああたしもそう呼ぼ。あ、そろそろ行くわ。またね、ネル子」

――ネル子⁉

エレナがさらなる衝撃を受けている間に、ナナはさっさと歩き出す。けれどすぐに思い出したように立ち止まり振り返った。

「そうそう。そいつ、育ちのいいお坊ちゃんぶってるけど元ホストだよ。一晩で一千万荒稼ぎするくらい女の扱いは慣れてるから、気をつけなよ。ウソつきだからさ」

立ち去るナナの背中を見つめたまま「……ホスト？」とエレナが呟《つぶや》くと、智広が「あー……」と気まずそうに目を逸らした。

「少し前まで歌舞伎町で働いてて。まあ、水商売ってやつですね」

歌舞伎町──さっきのナナが言った「ホストクラブ」という言葉と繋《つな》がる。

行ったことはもちろんないが、どんな場所かは知っている。着飾った男性が女性客を接待する夜の店のことだ。つまり、自分はホスト時代の智広の元客と間違われたらしい。

「悠木さんはウソつきなんですか？」

「え？」

エレナは智広を見据えた。

「私自身フリーターみたいなものなので、人様の職業についてとやかく言うつもりはありません。でもウソつきな人は嫌いなんです」

返答によっては祖母のドレスだけ見て帰る。それくらいとても重要なことだ。

「えーと、さっきのはナナが大げさに言っただけで。仕事はマジメにやってたよ。職業柄社交辞令は必要だったけど、お客のことは精一杯大事にしてたし、ウソはついたことない。オレもウソつきは嫌いだから。気が合うね、ネルちゃん」

「……は？」

智広がにっこりと甘く笑う。急にスイッチが入ったように雰囲気が変わった。

今日の彼の服装のせいもあるだろう。襟元が開いたネイビーのシャツと白地にストライプ柄のジレ姿はどこか軽薄そうで、先日の紳士然としたイメージとは嚙《か》み合わない。それから香水だろうか、花のような甘く華やかな香りもする。

「もうバレちゃったし、普通にしていいよね。敬語って疲れるんだよなー。あ、ネルちゃんて呼んでいい？　オレのことは智広でいいから」

「えっ！　いや、その呼び方は親しい人だけがするもので」

「まあまあカタいこと言わないで。それより中入ろう。雨降って来たし。今日は依頼人も来ることになってるんだ。そろそろだと思うからさ」

うろたえているうちに、エレナは店内に押し込まれた。

——どうしよう、来たの間違いだったかも！

先日のあれは演技だったのか。いい人なんかじゃない、ウソつきじゃないか！

思わず泣きそうになったが、中に入った途端そんな混乱は一瞬で消えた。

——わぁ。

真っ先に目に飛び込んだのは、グレーのスーツを纏《まと》った一体のトルソーだ。

立体的なショルダーラインと胸元、高めの位置で絞ったウエスト、アワーグラス型のエレガントなシルエットが美しい。斜めについた右の腰ポケットの上には、小さなチェンジポケットがある。

「ブリティッシュ・スタイルのスーツですね……！」

「お、よくわかったね。そう、ここの創業者——オレの祖父に当たる人はイギリスで仕立てを学んだから、クラシックな英国式がうちのベースかな」

「長い歴史があるんですね……。こちらはフルオーダーの専門店、ですよね」

智広につられて、エレナはヨーロッパの邸宅のような店内を見回した。

ネクタイやシャツなどがセンスよくディスプレイされたキャビネットも、応接セットなどのアンティーク調の家具も、こだわりを込めて整えられたのがわかる空間だ。

特に仕立て用の生地が収まった奥の壁際の大棚はひときわ立派である。宝の山だ。生地と糸の匂いって最高——いくらでも吸っていられる。

「そう。フルオーダーと、ここで仕立てた服のメンテやリメイクなんかをやってる。創業六十年くらいかな。ネルちゃんは『ドルチェ・ヴィータ』って知ってる？」

「ええ、名前だけは。若い世代に人気のお洋服のブランドですよね」

時々円佳が姉のお下がりのファッション誌を持ってくることがあって、その中で見た覚えがある。確か『大人かわいいリアル・クローズ特集』だったか。

「父方の一族はアパレルブランドをいくつか展開してる会社の経営者で、父親はその二代目社長だったんだ。社長職は早々にリタイアして、会社の方はずっと義兄《あに》たちが仕切ってるけど。ドルチェは義兄たちが立ち上げたブランドなんだ」

「じゃあこのお店は……」

「元々はこの小さいテーラーから始まったんだよ。初代はサヴィル・ロウにあるような注文服の専門店に強い憧れがあって。えーと、ビスポークテーラーって言うんだっけ」

サヴィル・ロウはイギリスのロンドンにある、スーツの聖地だ。名門と名高い紳士服のテーラーが数多く集まり、日本語の『背広』はこの地名が語源とも言われている。

「だっけ、じゃねえだろ。仮にもオーナーならちゃんと勉強しとけ」

急に不機嫌そうな低い声がしたので、反射的にエレナは振り向き――青ざめた。

――ヒイイッ！　こ、今度はヤクザ……!?

奥から現れたのは、目つきの鋭い、五十がらみのリーゼントヘアの男性だ。

ブラウンチェックの襟付きベストと臙脂《えんじ》色の蝶ネクタイというシャレた装いだが、その下に刺青《いれずみ》の一つや二つありそうなすさんだ迫力がある。

「努力はしてる。でもしょうがないだろ。仕立てのことも経営のことも素人なんだから。オレなんかより、よっぽど織方《おがた》さんの方が向いてるよ。出来れば交代したいくらいだ」

「バカヤロウ。放蕩息子《ほうとう》だろうと素人だろうと、この店はオヤジが遺言でお前に遺《のこ》したんだ、しのごの言うな。俺はあくまでその見届け役だ」

恫喝《どうかつ》めいた響きにエレナは竦《すく》み上がる。だが智広は動じる様子もなく「はいはい」とあしらった。

「怖いから睨《にら》まないでよ、彼女が怯《おび》えてるじゃん。紹介するよ。この人は織方惣二郎《そうじろう》さん。父親の右腕だった人で、うちの唯一のスタッフ。これでもベテランの裁断師《カッター》だよ」

——カ、裁断師《カッター》……⁉

うそだ。視界がひっくり返りそうになる。

この人が裁《た》ち鋏《ばさみ》を握るのか。何を切るというのだ。絶対に布ではない雰囲気だ。

「お前さんがあのばあさんの後継ぎか。——へえ、大きくなったな。ちょっと陰気くせぇが、顔立ちも似てる。——その服は自作か？」

織方が近づいてきて、エレナを見下ろした。

正確にはエレナの七分袖の青いリネンのワンピースだ。一応気を使って持ち服の中で一番上等なものを着て来た。確かに昔自分で仕立てたものなので、小さく頷く。

「きれいなピンタックだ。このコバステッチの位置も正確だし、これならドレスシャツくらいは問題なく縫えそうだな。紳士服の仕立ての経験は？」

「へっ⁉　ま、前に一度だけジャケットを……。が、学校で」

「へえ、ネルちゃん学校行ってたんだ。ファッションの専門学校とか？」

いつの間にか智広は窓辺の接客スペースに移動していた。長い足を組んで長椅子で寛《くつろ》ぐ姿が、妙に様になっている。

「途中で……辞めましたが。でもほとんどのことはおば……祖母から習いました。あの、訊きたいのですが、織方さんのような職人さんがいるのに、なぜ私に今回の依頼を？」

ビクつきながら、エレナは尋ねた。

裁断師はその名の通り型紙に合わせ生地を裁断するのが仕事だが、小さな店では、接客から仕上げまで一通りこなす場合もあるはずだ。素人である自分の出番はないように思う。

「俺は紳士服専門でやってきたからな。ドレスは経験がないし、レースだのチュールだの繊細な生地とは相性が悪そうだ。ばあさんの作品を台無しにしたくはねえしな。智広のオヤジが死ぬ前は出来そうなヤツが店にいたんだが、全員いなくなっちまってよ」

「そう。みーんな、義兄に自社工場の縫製部門に引き抜かれちゃって。父親が取り掛かってた仕事はなんとか終わってるんだけど、そんなわけで今は休業状態なんだ」

「引き抜き……？　兄弟のお店なのに、ですか？」

エレナには兄弟はいないが、常識的に考えてもそれはずいぶんひどい話に聞こえる。ましてや父親が亡くなって大変な時に、まるで嫌がらせだ。

「んー、兄弟って言っても母親が違うしね。ま、フクザツナカテイジジョウってやつ」

智広が苦笑まじりに肩を竦めた。

「今回のリメイクの依頼人はオレの知人で、断りきれなくてさ。でも織方さんはこんな顔して不安だとか言うし、それでカリスマ・ドレスメーカー本人を探そうってことになって」

「カリスマ……？　それがおばあちゃんなんですか……？」

そんな風に呼ばれていたとは驚きだ。確かに祖母は魔法のように美しいものを作る人だったけれど。

「こんな顔は余計だ。俺は二十数年前オヤジに弟子入りしたが、アンタのばあさんの服は『幸運を呼ぶ服』なんて言われて大人気でな。初代がその腕にえらい惚れ込んでよ、オヤジ――先代も指南を受けるほどだった。俺もカタコトの日本語でよく説教されたぜ」

祖母は初代オーナーの頃からランタナでミシンを踏んでいたという。エレナの生まれるずっと昔だ。

「孫の面倒見るからって在宅に切り替えてからは、仕事はセーブしてたけどな。納品に来た時に、時々赤ん坊のお前さんを連れて来たこともあったぞ」

「えっ、わ、私？」

「グズグズよく泣くガキだったな。あやしてやったこともあるが、覚えてねえか」

「す、すみません。覚えてません……」

エレナは母親のことすら覚えていない。写真で顔だけは知っているが、エレナを産んで間もなく亡くなったそうだ。

母は未婚だったので、父親も知らない。祖母に育てられ、彼女が唯一の肉親だった。

まさかこの店に来たことがあったなんて。店を見た時に懐かしいと思ったのは、その時の記憶がぼんやりと残っているからだろうか。

「あはは。グズったのは織方さんが怖かったからでしょ。昔はもっと目つきヤバかったし」

織方が「うるせえ」と智広を睨むように一瞥《いちべつ》する。

「ばあさんが仕立てを辞めたのは六、七年前だったか。うちは元々紳士服専門のテーラーだったし、今はトレンドだのブランドだのを重視する時代だろう。見栄《みば》えのいい既製服も簡単に手に入る。機能はいいが値が張る仕立て服は需要が減る一方だったからな。確か店をやるって話だったが……それから会ってなかったな。病で他界したのか」

「……風邪をこじらせてしまって。三年前に亡くなりました」

「そうか、残念だったな。ばあさんはよくお前さんの自慢してたよ。あの子は裁縫の女神《アテナ》に愛された子だ。いつか必要な時にはきっと力になる、ってな」

「……おばあちゃんがそんなことを」

智広がエレナのことを聞いた『店の者』というのは織方のことなのだろう。

「まあ、こうしてお前さんが来たのも何かの縁だろう。おかげでうちの伝統も守れる。

――おい、アレはもう話したのか」

「ああ、そうだった」長椅子を離れて大棚の前の大きなデスクへ行き、智広は革張りのバインダーを手に戻って来た。

「君を呼んだのにはもう一つ理由があるんだ。この店では注文を受ける前に、お客様とある約束を交わす」

エレナの方に向けて、智広が革表紙を開く。

「作った服は、大切な思い出とともに次の人生へ継承すること」

「次の……人生？」

バインダーには、一枚の用紙が挟んであり、『約束事』という見出しがある。

「家族、友人、愛する人や大切な人に引き継ぐってことだ。形を変えても構《かま》わない」

織方が続きを説明する。

「ランタナが作るのは、人生に寄り添いともに歩む服だ。仕立服は既製服とは違う、〃たった一人〟のための特別なものだ。俺たちはその一人のために針を刺す。人生でのさまざまな出会いや思い出、絆《きずな》を繋いでいく存在になるように、それがこの店の理想とする服作りでな。そしてその時が来たら俺たちは、どんな要望にも必ず応える――それが約束事だ」

服が、絆を繋ぐ。

たった一着の服が、時を超え、人と思いを結び付けていく。バトンリレーのように。

「……針には魔法が宿る」

祖母の言葉を呟くとまた少しドキドキしてきた。そっと胸元を押さえていると、智広がバインダーをパタンと閉じた。

「まあそんなわけで、お客様のご要望はこの店では絶対らしくてさ。だから今回はほんと助かったよ。織方さんもエレノアさんの孫なら任せてもいいって言うし」

「まあ、仕事を任せる前にテストはするけどな。技術を見ねえことには判断しかねる」

「あ、あの――」話が進んでしまいそうな様子に、エレナは慌てて口を挟んだ。

「この間お話ししたように、私は新しいものは作りません。出来るのはリメイクだけです。プロでもないですし、やっぱり――」

「大丈夫大丈夫、ネルちゃんなら。オレだって新米オーナーだけどなんとかやってるし、織方さんも助けてくれるしさ。何事もまずチャレンジしてみなきゃ」

自信持って！　と陽気に励まされる。何を根拠に？

どうしよう、話が嚙み合わない。このテンションについていける気がしない。何とか反論しようとエレナが口をはくはくしていると、外で話し声がした。

「あ、来たかな。大丈夫だって――その針の魔法、ってやつを見せてよ」

ウィンクなど見せて、智広がドアを開けに行く。そして極上の笑顔でゲストを迎えた。

「ようこそ、ランタナへ。そしてお帰りなさい、お待ちしておりました」

――これはどういう状況なんだろう……。

接客スペースの一人用のソファに身を沈めながら、エレナは困惑していた。

向かいの長椅子には若い女性が二人座っている。リメイクの依頼人で、ドレスの持ち主である双子の姉妹だ。

左が妹の朝香菫《すみれ》、そして右が姉の朝香百合《ゆり》。ともに都内在住、二十五歳。婚約中。

一卵性だけあって顔はそっくり――いやそれはいいのだ。問題は、その間になぜか智広が挟まって、両手で二人の肩を抱いていることだ。

「二人とも元気だった？　百合ちゃんは五か月ぶり、菫ちゃんは半年ぶりかな」

色気を含んだ視線を智広が左右に送る。

口調はさっきと変わらないが、『王子度』がミックスされている。どれだけ性格使い分けのレパートリーを持っているのか。摑《つか》みどころのない人だ。

「すご～い、最後に会った日覚えてるの？　さすがトモくん～」

智広に微笑まれて、菫が頰を染めている。ふんわりとしたウエーブ巻きのロングヘアに、白い半袖のバルーンスリーブのブラウスと淡いピンクのフレアスカート。清楚でガーリーな雰囲気の女性である。都内の小さなクリニック勤めの看護師だそうだ。

「ホスト辞めて、まさか仕立屋になってるとは思わなかったわ。でも元気そうね」

一方百合は、ショートボブでクールな印象だ。アイスミント色のジャケットとフレアシートパンツのセットアップに、黒いストライプ柄のシフォンブラウスを合わせている。仕事は外資系高級インテリアブランドの広報。

「大事な姫のことを忘れるわけないよ。それに二人はうちの店のゲストの中でも一、二を争う美人だったしね。ここだけの話、二人が婚約して来店しなくなった時は、他のキャストも密《ひそ》かに残念がってたんだよ。オレはそれ以上に寂しかったけど。だからまた会えてうれしいよ」

きゃー、と姉妹が盛り上がっている。来店した時に紹介はしてもらったが、もはや完全にエレナのことは眼中にない。

どうやら二人は智広の元客らしい。まるで即席のホストクラブが目の前に出来たようだ。

――あの名刺は勤めてたお店のものだったのか……。

菫がさっき呼んだ『トモ』という名前。先日、智広がエレナに間違えて渡した黒い名刺で見たのを覚えている。

水商売では源氏名というものを使うそうだが、『トモ』が智広のホストクラブでの名前だったのだろう。そういえばナナもそう呼んでいた。

「オーナー。話に花が咲いているところ申し訳ありませんが、そろそろ先に進めては？」

畏《かしこ》まった声で、お茶とお菓子の載ったトレーを織方が運んできた。

客の手前たぶん必死に感じのいい店員を装っている。でも裏がありそうにしか見えない営業スマイルが怖すぎる。

「ゆっくり話したいところだけど、そうだね。織方さん、預かったドレスを出してくれる？」

ありがとう、と智広がトレーを織方から引き取り、優雅な手つきでテーブルに紅茶とビスケットをサーブする。

三人の世界に入り込む余地がなく限界を迎えそうだったので、エレナは心から安堵《あんど》した。

「どうぞ」と勧められたので、エレナも小皿に載ったビスケットに手を伸ばした。

——わ、おいしい。

オレンジピールの香りとサクサクの食感が最高だ。有名店のものだろうか。

紅茶もおいしい。思わぬ幸福感にほっこり包まれていると、織方が箱からドレスを出しトルソーに着せ終えた。

「これが、おばあちゃんの——」

エレナは思わずソファから立ち上がった。

総レースの純白のウエディングドレスだ。長袖、ハイネックのクラシカルなデザインで、スカートはスレンダーライン。月光を纏う真珠のような淡い光沢を放っている。

——もしかして、私はおばあちゃんに呼ばれたの？　あなたに会うために。

自然と足がドレスの方へ引き寄せられる。

織方に渡された白い手袋をはめ、そっと触れてみる。懐かしい面影を探すように、その手触りやステッチを一つずつ確かめていく。

「へえ……形はシンプルだけど、見事なレースだね」

智広もドレスに関心を示す。百合が頷いた。

「半年前に他界した父方の伯母のものなの。フランス製のアンティークレースらしいわ」

「へえ、ヴィンテージものってやつか」

何気ない智広の声に、エレナはドレスをなぞっていた手を止めた。

「そんな一言で済まさないで下さい！」

鼻息荒く振り向くと、智広や姉妹がぎょっとした顔をした。構わず続ける。

「これほど見事なリバーレースを拝める機会は滅多にないのに……！　いいですか、この方は希少価値が高い『レースの女王』なんです。アンティークならなおさら！　リバーレース機は十九世紀に開発されたものですが、現在では製造されておらず、現存する機械でしか作れないいんです。そのため熟練の職人の手が必要で、かつ、数時間に数センチしか編むことが出来ないという非常にデリケートで気難し屋さんな方なんですよ。それがこんなにふんだんに……！　しかもこのモチーフは、オレンジの花ですよ。まさにウエディングドレスのためのレースです……！」

「あ、知ってる〜。海外ではオレンジの花を花嫁のブーケとか髪飾りにするのよね。結婚式で身につけると幸せになるって、昔から言われてるとか」

菫がおっとりとした口調で言う。

「オレンジは実と花を一緒につけるので、古くから『多産』や『純潔』の象徴としてプロポーズの花として使われたり、結婚式に取り入れられたりしてきたんです。このレースを見つけるには苦労したと思います。きっと特別な想い入れがあったんですね」

インターネットも携帯も使いこなせなかったのに、祖母はなぜか世界中に仕入れのツテを持っていた。バイヤーたちとはエレナも交流があって、珍しい品物が入ったりするとメールで連絡が入ってくる。そのネットワークを利用して入手したのだろうが、相当な金額がかかったはずだ。

「でも伯母様、結婚はしなかったのよ」百合がわずかに目を伏せた。

「直前に相手の方が事故で亡くなったらしくて。伯母はこのドレスを着てお葬式に出たそうよ。だから母は『不吉だ』って、引き継ぐことには反対なんだけど」

「でもわたし、このドレスを着て結婚式したいの。どうしても」と菫が声を被《かぶ》せた。

「ちょっと、菫。あんたに譲るなんて一言も言ってないけど？」すかさず百合が牽制する。

「伯母さまの遺書には『姪《めい》たちに』ってあったのよ。だからあたしにも権利はあるわけ」

「あら、最初に着たいって言ったのはわたしよ。結婚式もわたしは来月、百合ちゃんは九月。わたしの方が先。そのために決まってたドレスもキャンセルしたんだから」

「はぁ!?　そんな理由で誰が納得するのよ、子どもじゃあるまいし。バカじゃないの」

「バカとか言わないでよ、口悪い！」

「それを言うならあたしは姉よ。あんたより早く生まれた」

「早くって、たった数分の差じゃない！」

——あ、あれ……？

言い争う姉妹を見て、エレナはいったん胸中のレース熱を収めた。

なんでいきなりケンカを始めたのだろう。仲が悪そうには見えなかったのに。

「おいおい、どうなってるんだ」

織方が眉間《みけん》に皺《しわ》を刻む。「あーあ、始まっちゃったか」と智広が首を掻《か》いた。

「この二人、ホストクラブの時も顔を合わせるとこんな感じだったんだよね。だからなるべく来店日が被らないように調整したりしてたんだけど、変わってないなぁ」

もしかしてそれでさっき間に座っていたのか、とエレナはふと気づく。

そういえば、店に入って来た時から百合と菫は言葉どころか視線を交わすことすらなかった。ただチャラチャラ喋《しゃべ》っているだけだと思っていたが、間に座ったのは二人の仲を考慮した上での行動だったのか。

——意外と考えてるのかも……？

整った横顔をチラリと見遣《みや》り、少しだけエレナは感心する。

案外本当にまじめに働いていたのかもしれない。ナナが一千万がどうとか言っていたが、もしやすごい人物なのだろうか。

「ねえネルちゃん。まだ返事もらってなかったけど、今回の件引き受けてくれる？」

「えっ？」

急に智広と目が合って、エレナはドキッとした。

織方が見かねて取り成しに行ったものの、百合と菫はまだ口論を続けている。

「あのレース、すごいものなんでしょ？　自分の手でアレンジしてみたくない？」

「そ、それはもちろん。おばあちゃんの縫製は見事だし、ドレスの状態も悪くないし、レースの素晴らしさは言わずもがなですし」

「じゃあOKってことだ」

「いや——ま、まあ、今回だけなら……？」

ドレスを横目に捉えつつ、エレナはもごもごと答えた。

不安はある。でも一目ドレスを見た瞬間、ときめいた。まるで恋したように。

運命かどうかはわからない。でも、もし本当に祖母が導いてくれたのなら——ドアを開けてみてもいい気がする。

「よし、契約成立！　あ、報酬とか諸々のことは後で決めようね」

ポン、と肩を叩かれる。それから、人懐こい笑顔で智広は耳を疑う一言を放った。

「じゃ、ここは任せた。後はよろしくね」

「とにかくかわいくしてもらいたいの。トップスはレースのままで、スカートは花びらが重なったみたいにふわふわ〜っとさせて。プリンセスラインていうやつ。もっとキラキラした装飾も欲しいな。人生でドレス着るのなんて結婚式くらいでしょ〜？　一度はお姫様みたいになってみたいじゃない」

両手を組んでうっとりと菫が理想を語る。その横で、長椅子の肘掛けにもたれながら百合がフンと鼻を鳴らした。

「冗談じゃない、フリフリキラキラなんて寒気がする。あたしはシックな方がいい。飾りも極力なしのシンプルでスレンダーなマーメイドラインにしたいわ。挙式する教会も厳《おごそ》かで落ち着いた雰囲気のところだから、派手なのは絶っ対にイヤ」

同じ顔と目つきで二人が睨み合う。バチバチと火花が飛ぶのが見えるようだ。

——ううう……どうしたらいいの。

怯えたウサギのようにソファに縮こまり、エレナは両手で三つ編みを握りしめていた。

なんとか二人を落ち着かせ、オーダーについて聞き取りを開始してしばらくたつが、織方が用意してくれたオーダーシートはまだ空白のままだ。

かろうじて「どんなドレスにしたいか」と質問は出来たが、二人の意見はさっぱり嚙み合わない。妹は乙女趣味で、姉はコンサバ系。顔はそっくりだけど性格は正反対で、まるで水と油。どちらかが口を開けばすぐ険悪な空気になる。

「……て、ねえ聞いてる？」

二人の顔が同時にぐりん、とエレナの方を向いた。

「ひえっ！　えと……は、はい！」

「ほんと？　さっきから上の空みたいだけど。本当にあなただけで大丈夫なの？」

「トモくんどこ行ったの？　久しぶりに会うの楽しみにしてたのに。用事があるって言ってたけど、わたしの依頼より大事なコト？」

二人が胡乱《うろん》げな眼差《まなざ》しを送ってくる。

こっちが聞きたい。どうして自分がこんな目にあわなければいけないのか。

「ちょっと急用ではずす」と言って突然中座したきり、智広は帰って来ない。なんなのだあの男は。さっきまであんなに愛想よく接客していたのに。わけがわからない。

「……あのヤロウ、逃げやがったな」

隣のソファに控える織方が、急ごしらえの営業スマイルを強面《こわもて》に貼りつけたまま小さく舌打ちした。苛立《いらだ》ちが始末し切れなかった糸のようにチラ見えしている。

「に、逃げたってどこへ……」

「さあな。ま、智広はそもそもこの店を継ぐ気なんてねえからな」

「え——」

エレナが声を上げる前に、向かいの席でバトルが勃発した。「トモくんはわたしの方が好きだった」「あたしの方が売上に貢献した」と、また蝸牛角上《かぎゅうかくじょう》の争いだ。

「おいおい、お嬢さん方。もうそのへんにしたらどうだ」

限界が来たのか、ついに織方が口を挟んだ。

「好みが違うのはわかったが、ドレスは一着だ。それに結婚式まで時間が十分あるわけじゃないんだろう。どうするか決めてもらわないと、こちらもやりようがない」

二人が揃って口をつぐんだ。

確かに織方の言い分はもっともだ。でもエレナははらはらした。織方が接客に向かない元の顔に戻ってしまったからだ。

「おい孫娘。お前もシャキッとしろ。カウンセリングも出来ねえで仕立屋《テーラー》が務まるか」

「え、わ、私はただの助っ人で……」

「うるせえ。ここで仕事をする気ならプロ意識を持て。俺は半端モンは嫌いなんだよ」

——こここ怖い!!

ここはヤクザの事務所じゃない。ただの老舗《しにせ》の仕立屋《テーラー》のはずだ。

——でもおばあちゃん、生きて帰れない気がするよ……！

百合と菫も顔色をなくしかけている。

今すぐ北浦和に帰りたい。引き受けたことをエレナは激しく後悔した。


『えっ、じゃあ途中で帰って来ちゃったの？　何してんのさ』

レジカウンターの上のパソコン画面には、驚きと呆れが半々の円佳の顔が映っている。

その夜。エレナは事の一部始終をビデオチャットで円佳に報告した。事前に「帰ったら連絡して！」と言われていたからだ。

「だって依頼人も帰っちゃったし、私も命を守るにはそうするしかなかったの」

『何それ。その仕立屋、ヒットマンでもいるわけ……？』

話題は織方のことである。

しどろもどろのエレナを使えないと判断したらしく、後半のカウンセリングは織方が担当したが大失敗だった。

ただでさえ威圧感のある外見と口調だ。エレナだけでなく菫と百合にも恐怖を与え、二人は急に「仕事が」「式の打合せが」と理由をつけて帰ってしまったのである。

織方と二人きりというシチュエーションに耐えられず、エレナも早々に店を飛び出した。

どこをどう通ったのか覚えていないが夢中で駅まで戻り電車に乗った。雨が上がってい
たのはよかったが、帰宅ラッシュに巻き込まれてもみくちゃにされ——這《ほ》う這《ほ》うの体《てい》で北
浦和まで帰ってきたのだ。
「円佳くんも会えばわかるわ。今夜は悪夢を見ると思う。もう行きたくない。無理よ」
針を持つ手が震えてしまう。
心を落ち着かせたい時、エレナの心の拠り所はダーニングだ。服や靴下の穴を塞《ふさ》ぐため
のヨーロッパ伝統のお繕《つくろ》い方法だが、カラフルな糸を使えば刺繍のようなワンポイント
にもなって楽しい。セルフセラピーのようなものだ。今日はちっとも効果がないけれど。
『引きこもりのネルさんには刺激が強すぎる一日だったね。でも諦《あきら》めちゃっていいの？
エレノアさんのドレスなのに』
円佳の方はお風呂上がりらしく、スキンケアの最中だ。ターバンで前髪を上げているの
でつぶらな目元が見える。エレナは小鳥のようでかわいいと思うのだが、「豆粒みたいで
貧相すぎる」と本人にとっては大きなコンプレックスらしい。それが前髪を伸ばす理由だ。
「おばあちゃんのドレスに会えたのはうれしいよ。でもあの人たちとやっていく自信がな
い……」
今日はとんでもない日だった。

黒猫と出会い素敵な商店街に辿り着いたと思ったら、ど派手なギャルや得体の知れない元ホストとヤクザ風の裁断師と関わるはめになり、双子の姉妹ゲンカに巻き込まれた。

晴れたら素敵、でも雨でもいい。その程度の毎日で十分だったのに、「外に出てみよう」なんて欲を出したせいだ。三年間、外の世界と接触を断ったツケなのか。

『あの人、悠木さんだっけ。

「違う、あれは全部演技だったのよ。気を引くための。男なんてウソつきだってわかってるのに、なんで信じちゃったんだろう。全部私に押しつけるためだったのに――!」

ダーニング中のカーディガンを置いて、エレナはカウンターに突っ伏した。

智広は姉妹のことを『大事な姫』と言っていたけれど本当は面倒くさい客で、そして自分はその面倒を押しつけるのにぴったりのカモだったのだ。

『ネルさんて時々、急に恋多き女みたいなこと言うよね。そんなに厄介な人たちなの?』

「何もかも正反対の姉妹なの。とにかく意地っ張りで、どっちも諦める気がないみたい」

思い出すとため息が出る。

二人ともひどくあのドレスにこだわっていた。どうして気が合わないのかと不思議なくらい、その執着だけはそっくりだった。

『なんでだろう。二人にとって大事な思い出の品とか?』

「持ち主だった伯母さんにはすごくかわいがってもらったみたい。でもあのドレス自体は、どちらとも深い繋がりがあるようには感じなかった」

ドレスというよりも、あの二人には別の『秘密』のようなものがある気がした。

「シームポケットが見つかれば、わかるかもしれないけど……」

『あ、エレノアさんがよく言ってたやつ？「人には必ず心に抱える思いを隠すポケットがある」って』

その時、店の古い柱時計がボーンと鳴った。円佳が『あ、もう九時半か』と呟く。

『ごめん、お肌に悪いから十時までに寝なきゃ。なんか色々大変そうだけど……でも僕は断っちゃうのはもったいないと思うな。ネルさんには才能があるんだから。エレノアさんみたいに、もっと人のために生かすべきだよ』

「そうかな……でも、ありがとう。じゃあおやすみ」

通信を切ると、どっと疲れが押し寄せた。

まだネットショップの注文確認とメールチェックが残っているが、それは明日でもいい。

だが戸締まりをしようとカウンターから出て、エレナは飛び上がりそうになった。

ほぼ同じタイミングで、店のドアがノックされたからだ。

訪ねて来たのは、なんと智広だった。

「遅くにごめん。電話したけど留守電だったから、車飛ばして来ちゃった。ちょっといい?」

デイジーに駐車場はないので、車は近くのコインパーキングに駐めたという。

――心臓、止まるかと思った……。

驚かされて、軽く殺意が湧いた。

「迷惑です」と拒絶したかったが、夜の住宅街でやみくもに大声も出せない。仕方なく自制心をかき集め、エレナは「どうぞ」と店内に通した。

「あの……何か用ですか」

カウンターの中に戻って目を見ないように下を向く。

この男の笑顔は危険だからだ。このままさっさと用件を聞いて帰ってもらおう。

「いや、昼間あんまり話せなかったからさ。どうだったかな、と思って」

「……最悪でした。あなたが、逃げたから。どこに行ってたんですか」

「あー、バレた? ……まあ色々と」

カチンとくる答えに、エレナはカウンターの木目を睨みつけた。

「し、信じられない。オーナーなのに、無責任です」

「わかってる、織方さんにも散々怒鳴られたし。マジで怖いんだよ、あの人。二人も怯えて帰っちゃったんだってね。一応フォローの電話は入れておいたけど」

「それで、私にもフォロー入れにきたんですか。そ、そういうのいりませんけど」

自分は智広の客じゃないし、言い訳なんて望んでいない。同じ扱いをされても困る。

「うーん、というかちょっと気になったから。そういうわけで、はい、おみやげ」

手に持っていた小さな紙袋を智広から渡される。

「お菓子持ってきたからお茶しよう。キッチンてあっち？」

「え？――ちょ、ちょっと……！」

紙袋に気を取られた隙に、智広がカウンターの横を通り過ぎた。エレナは慌てる。

「かかか勝手に入らないで下さい！困ります」

「まあまあ、ちょっと付き合ってよ。おいしいお茶淹《い》れるから。あ、その袋持って来て」

智広はパーテーションの向こうの住居スペースへの入り口をくぐっていく。

――なんなの、あの人！自由すぎる……！

三つ編みが逆立ちそうなほど動揺したが、袋を持ったままエレナは急いで後を追った。

店の奥には、小さなキッチンとリビングがある。後はエレナの寝室と祖母が使っていた小部屋があるだけのこぢんまりした居住空間だ。

智広はキッチンで手際よく、コンロにやかんを掛けてお湯を沸かし、ティーカップとポットを温め、適当なお皿に紙袋に入っていたビスケットをきれいに並べ、常備している特用のティーバッグで紅茶を淹れた。

「え、おいしい……！　いつもと全然違う」

淹れてもらった紅茶は目を瞠《みは》るほどおいしかった。

「よかった。ティーバッグでもね、淹れ方に注意すれば風味のいい紅茶になるんだよ。コツはお湯の中で振らないこと。雑味が出て味が落ちるから」

「そうなんですか……。振るどころか、最後の一滴まで絞ってました。もったいなくて」

「あははは。どうりで。この間出してくれた紅茶、すっごい渋かったよね！」

だから手伝おうとしたエレナに「座っていいよ」と言ったのか。初対面で不器用だと見抜かれたとは恥ずかしい。カップを置いてエレナは俯《うつむ》く。

「す、すみません。祖母はお茶もお料理も上手だったけど……私は裁縫以外全然ダメで」

「謝らないでよ。オレね、いつかカフェ開きたいと思ってて。もう二十五だし、ホストとしてはそろそろ下り坂の頃合いだしね。で、仕事の合間に食品衛生管理者の資格取ったり、料理教室行ってみたり、ラテアートとか色々勉強してたんだ。あ、そのビスケットはけっこう自信作。知り合いのフードコーディネーターに教わったレシピをアレンジしたんだ」

「えっ……これ、悠木さんの手作りなんですか？」

皿の上の花形のビスケットは、昼間ランタナで出されたものだ。てっきりプロのパティシエが作ったと思っていた。

「よく言われる、意外だって。昔からわりと何でもこなせるタイプなんだよね。ただ広く浅くっていうか。一つのことに集中したり、追求するのは苦手。それがオレの欠点かな」

「……じゃあお店のこともですか？」

「ん？」

智広とはリビングにある二人掛けのダイニングテーブルに向かい合って座っている。うっかり目が合ってエレナはさっと逸らした。

「織方さんが言ってました。悠木さんはお店を継ぐ気がないって」

テーブルランプの淡い光が、紅茶に溶け込みひそやかに揺れている。

あの言葉を聞いた時からずっと気になっていたことを、エレナは切り出す。

「もしそうなら、どうして依頼を受けたんですか？　私に頼んだんですか？　お店の決まりがあるから仕方なく？　本当は……どうでもよかったんじゃないですか？」

言いながら、なんだか腹が立ってきた。このままこの人に振り回されるのはまっぴらだ。

心にあるものを全部吐き出したくなった。

「面倒で逃げたんでしょう？　そんなの不誠実です。あなたにとっては、あのドレスはただの布きれかもしれない。でも私にとってはおばあちゃんの形見に等しいものです。朝香さんたちにとってもきっと大切なものです。いい加減な気持ちで関わられたくない。それはウソつきと同じです。私は信用出来ない人と一緒に仕事は出来ません」

――おばあちゃん、ごめん。

祖母を見捨てるようで胸が痛む。円佳も応援してくれたのに、言ってしまった。でも今の気持ちのままでは、良い仕事は出来ない。

「なのでこのお話は」

「――ごめん」

空気が動く音がしてエレナがわずかに顔を上げると、智広が頭を下げた。

「嫌な思いをさせてたなら謝る。今日もいきなりいなくなって不安にさせてごめん。でも断るのだけは待って欲しい」

それからばっと顔を起こす。

「確かにオレはあの店を継ぐことに躊躇《ためら》いがあって……正直今後どうするかは迷ってる。でもこの依頼はいい加減な気持ちで引き受けたわけじゃないんだ。二人のために、頼む」

別人のように真剣な面持《おもも》ちだったので、エレナは少し驚いた。声にもさっきまでの冗談めかした響きはない。

「……朝香さんたちは、特別なお客さんだったんですか？」

「いや？　彼女たちは元々枝客——先輩の指名客のお連れ様で、時々ストレス解消に遊びに来るくらいで派手にお金を使うタイプでもなかったし。でもオレを選んで会いに来てくれてたことは今でもありがたく思ってる。だから偶然今回の依頼があった時、何かしてあげられたらなって思って。——まあ、ちょっと軽く考えてはいたかも」

今度は決まりが悪そうにこめかみを掻く。

本当に色んな『顔』がある人だ。光の加減で色を変える玉虫織りのタフタのよう。

どれが本物なのかわからない——でも、今の彼は少なくとも偽物ではない気がした。

「だったら、逃げないで下さい」

俯きそうになるのをぐっとこらえ、エレナは智広と向き合った。

「この先どうするかは悠木さんの問題です。何が正解かは私にはわからないし、口出しする気もないです。でも一度引き受けたことは、最後まで責任を持って見届けて下さい。私や織方さんでは、二人から本音を引き出すことは出来ないと思います。でもそれがわからないと、きっとあのドレスの『声』は聞こえない」

「ドレスの声?」

智広が不思議そうに訊き返してくる。

「祖母がいつも言っていました。布には心があって、どうなりたいか、どうして欲しいか伝えたがってる。だからその声に耳を澄ませてあげなさいって。お洋服も同じです。大切にされてきたものには持ち主の思いが宿るんです」

智広はじっとエレナを見つめている。

こんなことを言うとたいていバカにされる。スタンダードな人間枠から外され、変人カテゴリーに分類される。

わかっている、だから自分には友達がいないのだ。きっとこの人も笑うのだろう。けれどエレナを視界に捉えたまま、智広はテーブルに両肘をついた。

「――そうだね、君の言う通りだ。わかった。君が引き受けてくれるなら、オレも最後まで責任を持つよ。で、その『声』を聞くためにはどうすればいい?」

――あれ? 今、受け入れられた?

想定外の反応だった。

「……あの、こんな話信じるんですか?」

「うん。だってネルちゃんには聞こえるんだろ? でもさ、二人の本音を聞かないとわからないってどういうこと？」

あっけらかんと言う。さらに質問までするので、いつの間にか智広に感じていた憤《いきどお》りは収まってしまった。むしろ少し泣きたいような心地になったが、慌ててそれを飲み込んだ。

「伯母さまが彼女たちにあのドレスを遺したのには、理由があると思うんです。お店との約束を守るためだけじゃなく。そしてその答えは、きっと二人が持ってるはず」

ウエディングドレスは、女性にとって特別な一着だ。

伯母は愛する人と添い遂げられなかった。その叶《かな》わなかった夢を、姪たちに託そうとしているのかもしれない。でもそれだけではない気がするのだ。

「『私の大切な思い出のマリエを愛しい姪たちに。後は任せました』」

智広がふいに呟いた。

「菫ちゃんが言ってた。亡くなる前に伯母さんから手紙をもらったって。マリエはフランス語でウエディングドレスのことらしい。でも二人の仲を知っていれば揉《も》めるのはわかりきっていたはずなのに『姪たちに』って変だよね。それに『任せました』ってなんだ？」

「……その手紙、お店へのメッセージではないでしょうか」

裏庭に面した窓の方から、レースカーテン越しにふわりと微風が入ってきた。少し湿った深い夜の香りがエレナにひらめきをもたらす。

「オレたちへのメッセージ？」

「はい。伯母様はドレスがランタナへ戻るとわかっていた。自分の代わりに二人をよろしくという意味では。『その時が来たらどんな要望にも必ず応える』んですよね？」

「えーと、つまりオレたちにあの二人の仲をどうにかしろってこと？」

「わかりませんけど……でも、どちらか一人が継承するのが望みではない気がします」

病に冒され思うように動かない体で、伯母は精一杯の言葉を残したのだろう。ドレスが二人の絆を繋ぐことを願って、祖母なら力になってくれると信じて。

——でも、おばあちゃんはもういない。私に出来るの？

大きな不安が胸をよぎる。

祖母と違い、エレナがしてきたのはあくまで自分のための裁縫やリメイクである。

それに誰かの服を直すというのは、その人の人生に関わることだ。

過去の糸を解《ほど》き、新しい糸で望む形を作る。でも鋏を入れたら元には戻らない。必ず望み通りになるとも限らない。時間が経てば生地も劣化する。技術や知識があっても補えない事態が時には起こる。だから織方は「不安だ」と言ったのだ。

——それでも、この仕事を受け継ぐべきなのは私だ。

膝の上で組んでいた両手にエレナは力を込めた。

「悠木さん。探しましょう、二人の隠しポケット」


その二日後、エレナはもう一度菫と百合とランタナで会うことになった。

ただし二人別々にだ。百合は時間休を取って昼過ぎに、菫は仕事の後式場へ行く用事があるというので夜に、それぞれ来てもらうことになった。

「言われた通り持ってきたけど……『一番大切な思い出の品』なんて、何に必要なの？」

百合が、傍らに置いたレザートートバッグからハンカチの包みを取り出した。

テーブルを挟んで正面に座るエレナを見、同じ長椅子で隣に座る智広を不安そうに仰ぐ。

百合は少し疑り深い質《たち》らしく、警戒している様子だ。

「ごめんね、急に。百合ちゃんのことは知ってるつもりだけど、満足いくドレスに仕上げるには、もっと色々深く理解したいと思って。それで必要だったんだ」

長椅子の背に片腕を掛け、智広は百合の方に体を向けて甘い声で告げる。

今日はジャケットにボーダーカットソー、ジーンズというフレンチアイビー風。

服装というのはその人の好みが大きく反映されるものだが、智広の場合は毎回テイストが違う。変わり映えしない質素なワンピース姿の自分と違ってかなりの衣装持ちなのは確かだけれど、いまいちどんな人物なのか摑みにくい。

「別にいいんだけど……理解なんて大げさじゃない？　でもまあトモがそう言うなら」

恋人のような距離感が効いたのか、百合が少し顔を赤らめる。

婚約者がいても、いわば『推し』は別枠なのか。あっさりと智広に包みを手渡した。

——持って来て欲しいと言ったのは私だけど……。

隠しポケットを探す、と言ったものの具体的に何をするかは祖母に教えてもらったことがない。『大切なもの』と指定したのはいわばあてずっぽうだ。でも思い入れのあるものならば、きっかけは摑めると思ったのだ。

うまく会話する自信がないため段取りから何から丸投げしてしまったが、智広に任せて正解だったようだ。

聞いて欲しいことも事前に伝えてある。エレナはここで見守ればいいだけだ。急にやる気を見せた智広に対し、織方は「頭でも打ったのか？」と疑っていたけれど。

その織方は今、角の喫茶店にいる。月に一度商店街の店主らが顔を揃える会合があるらしい。「俺は若い娘の接客は二度としない」と、智広の代理で出かけたのだ。

「これは……髪留め？」

ハンカチを開いて、智広が包まれていたものを手に取る。

ビーズやレースで豪華な装飾がされた菱形の大きなバレッタだ。エレナはがばっとソファから身を乗り出した。

「それはもしかしてオートクチュール刺繍でしょうか！」

「え、ええ」とやや引き気味に百合が肯定した。

「昔伯母が作ってくれたの。伯母は画家だったんだけど、昔パリに住んでた時に興味をもって学んだらしくて。自分の絵をモチーフにアクセサリーも製作していたの」

「それってディオールとかフェラガモとか、高級ブランドの服なんかに使われる刺繍だよね——って、ネルちゃん、瞳孔開いてるけど大丈夫？　今渡すけど、落ち着いて見てね」

「——へ？　はっ！　すみません……！」

興奮して、無意識に智広の方に両手を伸ばしていた自分にエレナは驚愕《きょうがく》する。だがしっかりバレッタは受け取り、ソファにすとんと戻った。

オートクチュール刺繍は智広の言った通り、高級注文服やバッグなどの装飾に用いられる。特殊な細いかぎ針でビーズやスパンコールを縫い付けたり、難易度の高いさまざまな技法を注ぎこんで豪華で美しい模様を作り出す、フランスの伝統刺繍だ。

蔦模様の刺繍、ちりばめられた細かなパールビーズ、ラインストーンの可憐な花。おとぎ話の小さな世界がぎゅっと詰まっているようだ。才能豊かな人だったのだろう。

さらに中央のオーバル型のエナメルパーツの周囲を縁どるのは、繊細なゴールド刺繍《ワーク》。英国伝統の格調高い刺繍技法である。もうそれだけで興奮が止まらない。

「その伯母さんてさ、どんな人だったの？」

危うく刺繍に夢中になりかけた時、智広が百合に質問した。

本来の目的を忘れるところだった。緩みかけた口元をエレナはきゅっと引き締める。

「うーん、ちょっと変わった人だったかな。長野の田舎で絵を描いたりアクセサリーを作りながらずっと一人で暮らしてて、滅多に家族と会うこともなかったの。でもあたしと菫の誕生日には必ず会いに来てくれて、プレゼントがわりに絵を教えてくれたり、星を見ようって庭でキャンプしたこともあったっけ」

百合がくすりと笑う。だがふいに表情が翳《かげ》る。

「すごく大好きだった。……伯母はあたしたちを間違えない、唯一の人だったから」

ティーテーブルの上のハンカチにバレッタを戻そうとして、エレナは中央の青いエナメルに目を留めた。そこには花が描かれている。つつましく咲く、白いユリの花だ。

「あたしたち、昔からホントよく間違われたの。同じ服を着て同じ髪形の上、顔も同じだもの。父や母も呼び間違えることがあったのよ。『どっちかわからない』って周りに言われるの、すごく嫌だった。与えられるものも、習い事も同じ、双子だから当然みたいに。

……ってこんな話、どうでもいいわよね」

百合がごめん、と笑顔を作る。

「そんなことない、わかるよ。自分は自分なのに、誰かと比べられるのは嫌だよね」

よかったら聞かせて、と智広が囁く。百合は少し迷った後、続きを口にした。

「小さい頃は同じでよかったの。お揃いがうれしかった。でも、だんだん自分はこうなのにって思うようになると、菫とセットにされるのは苦痛で。だから中学生くらいの頃かな、意識して差を作ろうとしたの」

お揃いのものは持たない。菫がロングならショートヘアにする。スカートはやめてジーンズを穿《は》く。運動も勉強も菫に負けたくない。同じじゃないから。

「でもうまくいかなくて。菫はほわほわしてるけど、あれで成績優秀なの。その上甘え上手で、気が強くて反抗的なあたしとは大違い。自己主張すればするほど、今度は『菫は素直なのになぜ』って言われたわ。……あの子はずるい」

その頃から菫とはケンカが多くなったと百合が零《こぼ》す。

横で見守る智広は時々「うん」「そうだね」とさりげなく相槌を打っている。相手の話を邪魔せず、安心感ももらえるような絶妙なタイミングだ。

智広が『何でもそつなくこなせる』というのは本当だと思う。素直にエレナは感心した。

「でも伯母はあたしをあたしとして見てくれた。『あなたたちはちっとも同じじゃないもの』って。バレッタは十八の時にもらったの。伯母がフランスへ移住を決めた時に」

菫にも伯母はアクセサリーを贈ったようだったが、バレッタではなかったという。それも百合はうれしかった。

「だから、なんか特別なのよね。フランスに行ったきりで伯母とはそれから時々手紙のやりとりをするくらいだったけど……。あっちで亡くなったから、最期にも会えなかったの。でもドレスを遺してくれたって知ってうれしかった。結婚のことも報告してたから」

「それでどうしてもドレスを継承したいんだね。じゃあ菫ちゃんも同じ理由かな？」

「そうかも。あの子も伯母のことは大好きだったから。そういうところは似てるのよ」

エレナがテーブルに置いたバレッタを百合が見つめる。

その眼差しは懐かしそうでもあり、どこか寂しそうでもあった。

「でも意地悪よね、伯母さん。わけられないものをあたしたち二人になんて。おかげで今まで以上に菫とは険悪。……どうしてこうなっちゃったんだろ。でも今さらどうしていいかわからないの」

ダイヤのリングが光る左手で目元を押さえ、百合は深く長いため息を落とした。

菫は夜七時頃、婚約者を伴ってやって来た。

式場の帰りに車で送ってきてもらったという。だがこの後仕事があるからと婚約者の男性は挨拶だけして先に帰って行った。

「彼、やさしそうな人だね。菫ちゃんのこと大事にしてくれそう」

「そうなの。ちょっと過保護だけどね。あ、持ってきたよ大事なもの。でも何に使うの？」

「菫ちゃんのこともっと知りたいからさ。まずは思い出の品から攻めようと思って」

隣に腰を下ろし、智広がお決まりのスマイルを菫に向ける。

歯の浮くようなセリフだが、菫は「やだー」と言いながらもまんざらでもなさそうだ。

でも、さっき少し上がりかけたエレナの智広に対する好感度ゲージは、元の位置に戻った。

「トモくんの冗談は本気にしたくなっちゃうんだよね。はいこれです、わたしの宝物」

菫がハンドバッグから取り出した小さなポーチには、ブレスレットが入っていた。

——菫さんもアクセサリーなんだ。

花のビジューやマルチカラーのビーズ、クリスタルガラスがちりばめられたチャームがたくさんついている。こちらも繊細でゴージャスだ。

「光に当てると色合いが変わってきれいだね。思い出について聞かせてくれる?」

「あーうん……」と菫の視線がさまよった。

説明がしにくいのだろうか。感情が素直に表に出るタイプのようで、「どうしよう」と顔に書いてある。

「菫ちゃんココア飲む?」

「え?」

「なんか少し疲れてるっぽいから。お取り寄せしたとっておきのがあるんだ」

待ってて、と菫に言うと、一瞬エレナに目配せして智広は立ち上がった。ちょうど織方がお茶を淹れているバックルームへと向かっていく。

その間二人で何を話せばいいの、とエレナは焦ったが向かいから「はあ……」というため息が聞こえた。見れば、トロンとした目で菫が智広が消えた方角を見つめている。

「トモくんてやさしいよねえ」両手を頬に当てて陶然と菫が呟く。

「ホストの時もそうだったんだぁ。二年前に誘われて初めて行ったんだけど、ホストクラブってちょっと怖いなと思ってたの。無理やり高いお酒注文させるんじゃないかとか、一晩で何百万も出すようなお金持ちじゃないと相手にされないんじゃないかとか」

——そういえば……。

昨日検索して出て来た、夜の世界についてのネット記事がエレナの脳裏をよぎる。

ホストクラブのような接待サービスで売上を作る店では、客もグレード分けがあると書いてあった。太いとか細いとか毛糸みたいな呼び方だった気がする。

「太客なんて到底無理だし、指名本数稼げるほど通えないし、細客以下だったのにトモくんは『気にしないよ』って。さすがナンバーワンだった」

「ナ、ナンバーワン？」

「うん。三年連続で系列グループ売上、指名一位だったかな？　一目見てファンになっちゃって。実は旦那さんになる人とその時もう付き合ってたんだけどね、こっそり通っちゃった。彼にはトモくんのことは『お気に入りのバーテン』て話してて……あ、でも浮気じゃないよ？　恋愛とは別。アイドルを追っかけてる感覚っていうか、目の保養？　でもまさか百合ちゃんもトモくん気に入るなんてね。ドレスのことだってそうだし——ほんと最悪」

菫が拗《す》ねた子どものように口を曲げる。

二人は常連客の紹介で、偶然同じ時期に店に来ていたと智広から聞いた。二人とも智広の指名客になって、菫がボトルを入れれば百合も、というように張り合っていたらしい。

「でもトモくんカッコいいしな。あなたも従業員ならわかるでしょ？　まずあの笑顔！

ふわって笑うの好き。癒し系で、聞き上手で……何より気配り王子なの！　お店の派手な音楽が苦手だってチラっと話したら、わたしがいる間は別のBGMに変えるよう頼んでくれたりしてね……」

菫が夢中で智広を語り出す。その熱量はドール愛を語る円佳のようだ。

『恋愛とは別』と本人が言うのだから疑問視したくないが、何も知らない婚約者がちょっと気の毒だ。というかエレナは従業員ではない。

「でも、一番いいなと思ったのはわたしと百合ちゃんを比べなかったことかな。なんかそういうところ、伯母様に似てるなって思って」

――え？

そこへ「お待たせ」と智広が戻ってきた。

ココアのカップを菫の前に置き、エレナにも同じものを出してくれる。かわいいハートのマシュマロ入りだ。気配り王子には女子力も備わっている。

「あの、そのブレスレットは、もしかして伯母様からのプレゼントですか？」

とっさにエレナは訊いていた。

「ええ、そうだけど……。あ、もしかして百合ちゃんも。そっか……あれ持ってきたんだ」

菫が膝の上にあるブレスレットを見下ろす。

「百合ちゃんの方はバレッタだったね。じゃあそれも伯母さんが作ってくれたんだ？」

「そう、わたしのために。ほら、スミレの花がついてるの。わたしの印」

チャームの中にある薄紫の花のビジューを菫が指で揺らす。

「わたしね、昔は自分の名前好きじゃなかったの。スミレって野の花じゃない。ユリより劣ってるような気がして。百合ちゃんはハキハキしてしっかり者だったけど、わたしはトロかったから。『百合は出来るのに』ってよく比べられて余計にそう思ったなぁ。看護学校に行くって決めた時も、周りから大丈夫なの？ って心配されて。百合ちゃんの短期留学の時はみんな賛成したのに、ひどいよね。でも伯母様が教えてくれたの。『スミレもユリも聖母マリア様に捧げる特別な花。それにスミレは春を教える使者だから、ショーケースの中にはいない。私たちの近くに咲いてるのよ』って」

「伯母さんは素敵な人だったんだね。菫ちゃんが大好きだったのがわかる気がするよ」

智広に同意して、エレナも控えめにコクコクと頷いた。

ちょっと祖母に似ているかもしれない。祖母もガーデニングが好きで、心に美しい刺繍を施すように印象深い言葉で語りかける人だった。

「でしょ。わたし単純だから、それからこの名前も悪くないなあって思うようになったの。

百合ちゃんとの溝は埋まらなかったけど」

むしろどんどん大きくなっていった。ケンカもよくしたけど、次の日には元通り。いつも一緒だった。どうしてこんなにこじれちゃったのかな、いつからズレたんだろうね……。みっともないよね、ドレス一枚で罵《ののし》り合いなんかして。でも譲りたくないの。ここで諦めたら、また昔のいじけた自分になっちゃう気がして」

「小さい頃は違ったんだよ。塞ぐことが出来ないくらいに。

だから百合ちゃんにあげないで。

『ポケットに悲しみがあったら、そっと取り出してあげるの。そしてね——』

声を震わせて、菫はブレスレットを抱きしめた。

「——食べないの？」

ふいにエレナの意識は現実世界に浮上した。

目の前には、ほかほかと湯気を立てるナポリタンがある。香ばしいケチャップの香りが鼻をくすぐった。

菫が落ち着くのを待ってタクシーで帰らせた時には、夜の八時を過ぎていた。夕食がてら少し打合せをしようということになり、智広と織方と一緒に角の喫茶店『アンバー』に移動した。ナポリタンは「絶品だから」と智広に薦められて注文したのだ。

「ぼーっとしてたけど大丈夫？」

古き良き純喫茶の風情を残す昭和レトロな店内。エレナと智広が座っているのは窓際のボックス席だ。智広はもうすでに食事を終えて、今はアイスコーヒーを飲んでいる。

「おい孫娘。『パスタは出来立て五分以内に食す』が絶対ルールだ。さっさと食え」

カウンター席にいる織方から、脅しのようなドスの利いた声が飛んできた。

その隣では派手な鳳凰のスカジャンの女性――ナナがスマホゲームに勤《いそ》しんでいる。

「おい織方、よそ見すんな。このクエ、あと十五分なんだよ。集中しろ！」

ナナがウエッジソールのサンダルで織方の足を蹴る。「いてえな」と顔をしかめる織方の手にもスマートフォン。二人はゲーム仲間で、時々この店に集まりパーティクエストに挑んでいるそうだ。

「やば、挟まれる！　織方タゲ取って……ってなに誤爆ってんだよ！」

「うるせえな！　俺は若葉マークなんだよ」

――ナナさんは只者じゃない……。

織方と対等に話せる上、呼び捨てである。職業はネイリストだそうだ。

食事の前に「今度やってあげようか」と言われたが遠慮しておいた。あんな尖《とが》った爪になってしまったら、布やレースに穴をあけてしまう。

「オンラインゲームにハマるとか、織方さんも気が若いよね。まあ気にせず食べな」

促されてフォークを取ると、思い出したようにおなかがグーと鳴った。「い、いただきます!」と誤魔化してエレナはお皿に向かった。

「しかしさぁ、二人に話は聞いたけど、ちょっと難しそうだね」

アイスコーヒーのお代わりを頼んだ智広が、両腕を組んで天井を見上げる。

ナポリタンはとても美味だった。食後の紅茶を一口飲んで、エレナはほっと一息つく。

「そうですね……でもポケットは見つかった気がします」

ふいに見せる表情や何気なく零した言葉の中に、本音というものは隠れている。二人との会話の中で、それが少し垣間《かいま》見れた。

「人の心の中にあるシームポケット、か。あの二人、ただ気が合わないってわけじゃなさそうだね。お互いあんなにコンプレックス持たなくてもいいのに。双子って大変だな」

「双子だからってわけじゃ。自分に自信を持つのは簡単じゃないですよ」

少し語気が荒くなってしまい、智広が少し驚いた顔をした。慌ててエレナは話を戻した。

「悠木さんが仰《おつしや》るように、コンプレックスのせいでこじれたのは確かなようです。でも、二人ともドレスにこだわるのは同じ理由でした」

唯一の理解者だった伯母の形見だから。

双子という枷《かせ》のせいで、比べられ、『違うもの』であろうと葛藤した過去は二人にとって立派なトラウマだ。

あのドレスは二人にとって、劣等感から解放してくれる重要なアイテムなのかもしれない。

「朝香さんたち、本当は仲良くしたいんじゃないでしょうか」

どうしてこうなっちゃったんだろう、と百合は言った。

いつからズレたんだろう、と菫は言った。

二人が抱えているのは、たぶん同じものだ。そして互いに対する感情も。

「うん、オレもそう思う」

智広がテーブルの端に置いてあったハンカチの包みとポーチを、真ん中に寄せた。

百合のバレッタと菫のブレスレット。智広が二人から借りてくれたのだ。

「レガーロに二人が通ってた時のこと思い出したんだ。夜の街に遊びに来るお客さんにはさ、ストレス解消とか、寂しさを埋めたいとか色々理由があるんだよね。でも二人はなんていうか、お互いの話を聞くために来てたような感じがした。口では『嫌い』『合わない』

って言いながらいつも気にしてて、話題に出すのを待ってるみたいでさ。もしかして二人がオレを指名したのは、そのためだったんじゃないかとも思ったよ」

「そ、そこまでお互い気にするのに、なぜ遠ざけ合うんでしょう。家族なのに」

「家族だからって全部わかり合えるとは限らない」

運ばれてきた二杯目のアイスコーヒーに、智広がストローを差した。

「実は本当のことを言うと、どっちかに諦めるよう説得するつもりだったんだ」

「え？」

「だって菫ちゃんの結婚式は七月十一日であと三週間くらいしかない。古いドレスにこだわらないで、片方が別のドレスにすれば解決だろ」

「それじゃダメです。表面的に丸く収まっても、何の解決にもならないです……！」

「うん、言われると思った。それに二人の話を聞いて、違うなって気づいたんだ」

ストローで氷を弾《はじ》きながら、智広がかすかな笑みを唇の端に刻んだ。

「本当は手を伸ばしたいんだよね。でも届く距離なのに、勇気が出ない。素直になれない」

実感がこもっているような言い方がエレナは気になった。智広も何か胸に秘めたことがあるのだろうか。でも意味深な笑みはすぐに消えた。

「うーん。でも、問題はどうするかだよね」

結局平行線のまま、デザインは決まっていない。

「お、何このキラキラ。めっちゃ豪華」

二人で悩んでいると、いつの間にいたのかナナがバレッタをひょいとつまみ上げた。

「依頼人から借りたんだよ。壊すなよ」

「ああ、朝香姉妹のね。どんなドレスにするか決まったの？」

ナナが隣に座ってきたので、エレナは窓際へと詰めた。クエストは無事終わったらしいが、織方はまだカウンター席だ。初心者なのでレベル上げ中らしい。

智広がおおまかに説明すると「ふーん」と言いながら、ナナはもう片方の手をブレスレットにも伸ばした。

「レガーロで見かけた時も思ったけど、やっぱメンドーだね、あの双子」

二つを見比べながらナナが言う。なぜ知っているんだろう、とエレナが思っていると
「ナナも客だったんだ」と智広が教えてくれた。

「何か月かに一回顔出す程度だったけどね」

「客ならいっぱい紹介してやっただろー。で、どうすんの？　行き詰まり中っぽいけど」

「今悩んでる。こっちから折衷案のデザイン出して、納得してもらうしかないかなー」

「リメイク二回するとかは？」

「——簡単に言うな」

今度は織方が智広の隣にどっかりと座ってきた。手にスマホを持ったままだ。

「アンティークレースを使ってる上、二十年以上経ってる。保存状態が良くとも、生地は経年劣化して脆《もろ》くなる。何度も解いて縫ってを繰り返せばバラバラになるかもしれねえ」

織方の言う通りだ。万が一ドレスを傷つけてしまったら取り返しがつかない。

でも誰かが悲しい顔をするようなリメイクはしたくない。二人が見せた寂しそうな表情をエレナは思い出す。

『恋をするような人生を送りなさい』と祖母は生前、繰り返しエレナに言った。

何もない毎日でも、悲しいことがあっても小さな幸運があればいくらでも幸せになれる。抱きしめてキスしたくなるくらい自分の人生を愛しなさい、と。

私生活も仕事も順調で、結婚も決まった。エレナから見れば眩しすぎるほどの人生だ。

でも二人は今幸せじゃない。

どうしたらいいのか。二人の伯母はランタナに、祖母に、何を願おうとしたのだろう。

「——あ！　ねえこのバレッタ、ブレスレットと結合できるみたいだよ」

考え込んでいると、ナナがバレッタの裏側を見せてきた。見れば髪を留める金具の下部にくぼみが三か所あいている。

「ここに、この紫の花をはめると……ほら！」

ブレスレットのスミレの花のビジューをはめこむと、バレッタとブレスレットは一つになった。ドレープ状を描くブレスレットが軽やかに揺れる。

「こんな仕掛けがあったのか」と智広が驚く。織方もほお、と軽く目を瞠っている。

——二つで一つ。

エレナの中で何かが繋がった。

胸の中で、ピンと糸が張る。弾かれたように立ち上がり、エレナは智広に言った。

「悠木さん、『声』が聞こえました……！　店に戻りましょう」


——なんだこれ……。

深夜一時。ランタナのドアを開けた途端、智広は呆然《ぼうぜん》と立ち尽くした。

静まり返った店内は見事に散らかっていた。

青い絨毯《じゅうたん》の上は、チュールやシルク、サテンやオーガンジーなど、ドレス用の生地の海になっている。その他にも古い裁縫の本や糸、端切れなどがアトリエのあるバックルームの方へ転々と続いている。

わずかに開いているアトリエのドアの隙間から、明かりが漏れている。中にはエレナがいるはずだ。

織方からの留守電に気づいたのは六月最後の金曜日だった昨夜十一時。ちょうど智広が渋谷にある自宅マンションに出先から帰宅した時だった。

『孫娘の様子を見に行ってくれ。鍵掛けてやがるんだ。俺には手に負えねえ』

本当はすぐにでもベッドに倒れ込みたかったが、「一昨日から閉じこもっている」と言われたら無視できない。仕方なく店のスペアキーを持って愛車のレクサスに乗った。

「……ふふ、くふふ……くふふふふ……」

ドアの向こうから、魔女のような不気味な笑い声がかすかに漏れてくる。

何か異常事態が起きているようだ。

——とりあえず、ここまでの状況を整理しよう。

奥に進む前に、智広は記憶を遡《さかのぼ》ることにした。

『声』が聞こえた、とエレナが喫茶店を飛び出したのは先週の木曜日。

智広たちが追いかけると、彼女はランタナのバックルームでウエディングドレスと向かい合っていた。それから振り向き、落ち着き払った声で突然「始めます」と言ったのだ。

「伝言の通り、このドレスは『二人』へのもの。どちらか一人が継承するのではダメなんです。そのアクセサリーのように、二つで一つの両方の望みを満たした一着でなければ」

三人で顔を見合わせていると、エレナは智広にメモを突き出した。

「リメイクのために必要な材料です。後ほど変更や追加が出るかもしれませんが、とりあえずこちらで見積もって下さい。材料費はお客様負担ですよね？　朝香さんたちに予算の相談を。それから採寸とドレスのイメージの再確認をしたいので、二人にアポを取って下さい。織方さん、過去のオーダーシートや型紙は保管されていますか？」

「あ、ああ、全部ある。共布《ともぬの》も保管してるよ。量が膨大なんで、近くの倉庫ん中だがな」

呆気《あっけ》にとられながらも織方が返答する。「共布ってなに？」と智広は尋ねた。

「服を作った時に残る端切れのことだ。ジャケットなんかを買うと、ポケットにボタンと一緒に入ってるだろ。破れたりほつれたりした時の修復に使うんだ。うちは継承時のことを考慮して、客の同意のもとかなり多めに残してる。探せば今回のもあるだろう」

「では探して下さい。それからクリーニングはどちらの業者をご利用ですか？」

「クリーニング？　それならうちはナナの家だよな？」

そう投げると、ぽかんとしていたナナが「あ、ああ」と頷いた。滅多に物事で動揺することのないナナも、エレナの突然の豹変ぶりに戸惑っているようだ。

智広も例外ではない。この姿勢よくはきはき喋る女は誰だ。まるで別人ではないか。数回しか会ったことはないけれど、エレナは相当内気で人見知りだ。裁縫に関わる話の時しか顔を上げず、基本的に背中を丸めて下を向いている。人というより、森の木の下に生えている大きなキノコみたいだなと思っていた。

「モノによるけど、初代の頃から贔屓《ひいき》にしてもらってるって聞いてるよ。どれどれ。あー、けっこう全体的に黄ばんでんな。この胸元んとこ……シミか？　水ジミみたいな」

「はい、アンダースカートにもところどころ黄ばみやシミが。素材はシルクサテンだと思います。復元は可能でしょうか」

ナナと意見を交わすエレナの姿を、智広はまじまじと見つめた。

凜《りん》と澄んだ瞳はブルーグレーが混じる薄茶色。よく見ると髪も肌も色素が薄い。こんなに目立つ子だったのか。なのに今まで地味な印象しか持っていなかったのが不思議だった。

「ん、大丈夫だろ。うちのオヤジは染色補正の資格も持ってるからシミ抜きも染め直しも得意だ。ハゲだけどな。でもリフォームはやってないぞ。穴はどうする？」

「大丈夫、ほつれ穴はかけつぎで直せます。あの、悠木さん」

自宅にある道具を持ち込みたいというので、翌日車で運ぶのを手伝った。それから姉妹への説明と予算の打診、綿密なカウンセリング、採寸、材料手配……と急ピッチで進めた。

納期はギリギリだが、結婚式の一週間前の七月四日の土曜日に決まった。

その時点で二週間を切っていたが、エレナは「お二人の望み通りのドレスを作ります。だから私に任せてくれませんか」と言い出した。

百合も菫も当然驚いていたが、智広も口添えして二人から了解を得た。

織方もリスクを懸念して強く反対したが、エレナは織方が技術力をチェックするために与えた課題を軽くクリアし、彼を黙らせた。

クリーニング店にはナナと一緒に交渉に出向き、数日でドレスは以前の輝きを取り戻したが、かなり無茶な納期だったらしい。届けに来たナナの父親から「今回だけにしてくれよ……」と泣きつかれたと織方から聞いた。

——それで、二日前から店に泊まりこんでるんだよな……。

ランタナのバックルームには縫製を行うアトリエと簡易キッチン、シャワー付きの仮眠室がある。智広の父親も納期が迫るとよく寝泊まりをしていたという。

今週は店のことは織方に任せっきりだった。というのも、週初めに古巣であるクラブ・レガーロの後輩ホストから智広の元指名客を怒らせたと連絡があったからだ。

五月に退店した際、智広の客の多くはナンバーツーの先輩ホストに指名替えしたが、智広が面倒を見ていた後輩を選んだ客がいた。太客の一人だった起業家の女性だ。

その彼女のスーツに酒を零したという。しかも二度。おかげでご機嫌取りに、彼女の好きなボルドー産の高級ワインを差し入れるはめになった。

顔を出すのは一日だけのつもりだったが、「トモが戻った」と噂《うわさ》が駆け巡って客が押し寄せ、店側からヘルプ要請があった。それで今夜までサポートに出向いていたのだ。

——よし。

グレーのシャツの襟元に指を指し込み、光沢のあるブルーのタイを緩めた。

片手に下げている紙袋には、差し入れのサンドイッチと紅茶のポットが入っている。

事情があったとはいえ一週間も不在にしたのだ。前にエレナに「オーナーのくせに無責任」と言われたのを思い出し、冷蔵庫にあった材料で急いで作ってきた。

織方は鍵を店内に忘れたらしい。入り口にあるコンソールテーブルに置いてあるのを見つけた。でも匙《さじ》を投げた理由はいったい何なのか——。

「ふふふふ。ほうら、捕まえた！　さあお転婆《てんば》さん、これからどうなりたい？　話してごらんなさい！」

障害物を避けつつ智広がアトリエに踏み込むと、エレナは一体の古ぼけたトルソーの周りを回りながらレースと——踊っていた。

北浦和から運んできたものだ。なぜかそれに「ねえ、おばあちゃん」と呼びかけている。

——見てはいけないものを見ている気がする……。

そういえば、時々様子を見に来てくれていたナナも「あの子ヤバめ」と電話口で繰り返していた。たぶんこれと同じ光景を見たに違いない。

なんだか眩暈《めまい》がする——。

急に押し寄せた疲労に負けそうになった時、ドタッという音がした。目を向けると、エレナが床に横向きに倒れている。

「えぇっ！　マジかよ」

荷物をテーブルに置き、智広は急いでエレナを抱え起こした。「おい、大丈夫か⁉」

うっすらと目を開けてエレナが「あれぇ、ゆうきさん……？」と弱々しく笑った。

その顔色に智広はぎょっとした。目の下には濃いクマができ、色白の肌はさらに紙のように白かったからだ。

「ネルちゃん、もしや寝てないの？　食事は？」

「……ほえ？　えーと、昨日食べましたよ～」

エレナが指差したのは、床に転がっている高機能ゼリー飲料のパックだ。

「まさかこれだけ⁉　しかも昨日⁉　何やってんの！」

「ふふ、円佳くんがタイに家族旅行に行った時にたくさん買ってきてくれたんです。種類も豊富で栄養満点。作業中にはもってこいの手軽さで……。私、お裁縫してると他のことどうでもよくなっちゃうから」

「あのねぇ……」

大きなため息が漏れる。

――風変わりな子だとは思ってたけど。

特に気にしなかった。人の個性はそれぞれだし、自分だって普通というわけじゃない。まともに見えるよう常に『意識』しているだけだ。外面がよく出来ていれば誰も欠陥品だなんて気づかない。

しかしこれは自己管理能力が低すぎる。二十三にもなって。身よりは亡くなった祖母だけだったというが、よく一人で今までやってこられたものだ。

とりあえず智広はエレナを立ち上がらせ、休憩用のソファに移動させた。自分も隣に座り、差し入れの紅茶を紙コップに注ぎ、サンドイッチの包みを開けた。

「何で織方さんを閉め出したの？　怖いけど頼りになる人だよ」

「わかってます。織方さんはすごい方、です。アドバイスも的確で技術も知識も豊富で……。でも一人でやらせて欲しいとわがままを言ったんです。怒られたけど押し通しました。指を詰める覚悟で。だから頑張らないと」

渡されるままコクコクと紅茶を飲み、リスのようにサンドイッチを小さくかじった後、エレナは部屋の中央にある巨大な作業台をとろんとした目で見つめた。

その上には、解体中のウエディングドレスが横たわっている。

ドレスの完成図はエレナの頭の中だ。デザイン画は描かない、型紙も作らない、二人のイメージの通りに作るだけと聞いて、織方は目を丸くしていた。よくわからないが、エレナのやり方は特殊らしい。

しかし、指を詰めるって。

確かに織方は悪人顔で、気が短く頑固だが。それでもよく言い負かしたものだ。だから「手に負えない」なのか。智広は小さく苦笑した。エレナは見かけによらず鼻っ柱が強いらしい。

「なんでそんなに頑張るの？　おばあさんの形見だから？」

「それもあるけど……百合さんと菫さんにドレスの思いを伝えてあげたくて」

ふいにエレナの表情が変わる。うつろだった瞳が光を取り戻し、みるみる生き返る。

「ナナさんが言ってました。ドレスの胸元のシミ、もしかしたら涙じゃないかって」

「涙？　ああ、そっか。伯母さんは婚約者を事故で亡くしたんだよね」

「ええ。きっとこのドレスには辛《つら》く悲しい思い出の方が多いはず。でも姉妹に遺したのは、二人も互いに劣等感を抱いて辛い思いをしてきたから……。伯母様は二人のことをよく知ってる。本当は昔みたいに仲のいい姉妹に戻りたいと思ってることも。だから彼女たちに笑顔で、幸せな思い出に変えてもらいたい」

「――自分の代わりに、ってわけか。そう『声』、聞こえた？」

はい、とエレナが小さく首を縦に振る。

「その『声』は私たちだけに届く。だから声が聞こえたら力になってあげるの、っておばあちゃんが。おばあちゃんは針の魔法で今までたくさんの人を笑顔にしてきたんだと思います。私は臆病で、弱くて、引きこもりで、人としては欠陥だらけで……でもたった一つの誇りであるお裁縫でおばあちゃんみたいに誰かを救えたら、ポケットの中の悲しみを希望に変えてあげられたら――そう思うんです。きっとそんな日が一日でもあったら、自分の今までの人生もこれからも、素敵なものになる気がして」

エレナがふにゃ、と笑う。

――そうか。変なんじゃなくて、スレてないだけなのか……。

ただ純粋なのだ。クリーニング済みの真っ白なドレスのように。

その笑顔はなぜか智広の胸にチクリと棘《とげ》のように刺さった。

「ネルちゃんはやさしいね。なんかごめん、オレ何も出来なくて」

「え、悠木さんの方がやさしいじゃないですか。私が自由に出来るように、朝香さんたちを説得してくれたし……。あれって、私を信じてくれたんですよね」

エレナの目が再びとろんとしてくる。

「ちょっと……うれしかったです。悠木さんは、いまいちよくわからない人だけど、約束も守ってくれました。見届けるって……あれ、悠木さん、シャツ破れてます……」

エレナに右腕を摑まれて「え？」と見れば、カフスの近くに小さな穴が開いていた。

「ほんとだ、気づかなかった。どっかに引っかけたのかな。まあでももう着ないから」

「着ない……？　またホストさんに戻るんじゃないんですか？」

エレナが小動物のように小さく首を傾《かし》げた。不在の理由を織方から聞いたのだろう。

「まさか。今回は頼まれただけ。とくに未練とかないし、戻らないよ」

一か月ぶりに身につけたホスト用のスーツは、なんだかしっくりこなかった。相続のことがなければたぶん続けていただろう。でも今は怖いくらい区切りがついている。一度抜けたあのネオンの街を、もう自分の心も体も求めていない。薄情なほど。

「そうなんですか」ネルがほっとしたように眉尻を下げた。

「……よかった……。ふあぁ、すみません……ちょっとだけ休んだら、破れたところ直します……よ……」

智広の肩に、エレナがコテンと頭を預けてきた。

シャツ越しに温かい重みが寄りかかってくる。すぐにすーすーと寝息が聞こえた。

——まいったな。

これはダメだ。ピュアすぎて、危うい。取り扱いに困る。

「……やさしくなんかないよ。全部その場しのぎで言ったんだ」

ミシンやアイロン、自分とは縁のない道具たちが並ぶ空間に、ため息を吐く。

約束は嫌いだ。誰かを深く信じるのも、物や場所に執着するのも。

『逃げないで下さい』

けれど、時折見せるエレナのまっすぐで迷いのない瞳に、興味が湧いたのだ。

彼女が導くこの約束事の結末を見てみたい。柄にもなくそう思ったのだった。


光を感じて、エレナは薄く目を開けた。

瞼《まぶた》を撫でたのは、微熱を帯びた朝陽だ。アトリエに唯一ある小さな窓から光の筋が伸びているのに気づき、床の上でがばっと起き上がる。

——今日……何日!?

作業台の端に置かれた卓上カレンダーには七月三日まで×がついている。

——そうだ、昨日の夜最後の仕上げをして——。

エレナは記憶をたぐり寄せた。

朝陽が降り注ぐ場所には、光り輝く純白を纏ったトルソーが佇んでいる。祖母が愛用していた思い出の品。家から運び込んで、ずっと見守ってもらっていた。

——私……完成出来たんだ。

無我夢中で針を刺した。お転婆なレースに翻弄され、人見知りのサテンやオーガンジーのわがままを聞いてやりながら、持てるすべてを注ぎ込んだ。

——ちゃんと、聞こえた。

床の上に座り込んだまま、潤んだ瞳を瞬いた。

三年前、一度失った。でもまた戻って来てくれた。

震えそうになる体を、エレナは両手で抱きしめた。


アトリエのソファで寝ていた智広を起こし、エレナは織方を呼んで欲しいと頼んだ。

最後の微調整は残っているが、それは依頼人のフィッティング後で間に合う。その前に智広たちに完成の報告をしなければいけない。

一人で作業を始めてから、智広は毎晩差し入れを持って店にやってきた。

何時間かソファでじっとエレナの様子を見ていたり、本を読んだり静かに過ごし帰っていく。曖昧《あいまい》にしか思い出せないが、電池切れになったところをベッドに運んでくれたり、食事を用意してもらったり色々と面倒を見てもらった気もする。いつもは起きた時には姿はないが、昨日はエレナと一緒に寝落《ねお》ちしたらしい。

「夢中になると、あなたは何も出来ない赤ちゃんね」と昔祖母からもたびたび呆れられたくらいだ。たぶん相当迷惑をかけた。

智広は「平気だよ」と爽やかに返してきたが、同じ年頃の異性に介助してもらうなんて大失態もいいところだ。円佳が知ったら「女としての自覚がなさすぎる！」と嘆くだろう。

「——おい、反省してるんだろうなぁ」

久々に顔を合わせた織方はエレナを見るなり、指をポキポキと鳴らし始めた。

智広を盾にしてエレナは濡れた子犬のように「ごめんなさい……」と震えた。

当然だがめちゃくちゃ怒っている。間に挟まれた智広が織方をなだめてくれているが、今さらながら「やってしまった」という自覚が襲ってきた。

「か、勝手なことしてすみません……でも、私はこのやり方しか出来なくて」

織方には長年仕立て職人として培ってきた確かな技術や矜持《きょうじ》がある。本業の織方を差し置いて根拠のない自信を振りかざし、依頼を横取りして追い出したのだ。面目を潰《つぶ》したようなものである。

――指を詰めるだけじゃ済まないかもしれない……東京湾かも――。

人と関わるなら、周りのことも考えて行動しなければならないのはわかっているのだ、頭では。でも考える前に心と体が走り出す。

自分勝手だと思われても、この衝動を止めるのがエレナは怖い。これが自分なのだ。失ったら、からっぽになってしまう。

「途中で泣きついてきたら、荒川の土手から蹴り落としてやろうと思ってたんだがな」

だが意外にも、織方は怒鳴りつけたりしなかった。

「裁断てのはな、スーツ作りの生命線だ。生地の目を読み、パターン通りに迷いなく裁ち切る。少しでももたつけば仕上がりに響く。正確さが何より大事だ。けどお前さんにそういう常識を説いても無駄だろう。迷ってもたつきながら、それでも直感で正確な仕事をするタイプだ。まったく、あのばあさんそっくりだな。地道にコツコツやってきた人間からすりゃ、憎たらしいほど厄介だよ。――まあ、めげずに意志を貫いたのは褒めてやる」

「あたッ……！」

智広の肩越しに顔を覗かせた途端、容赦ないデコピンが飛んできた。

ヒリヒリする額を涙目で押さえながら、エレナは織方の仏頂面を上目遣いに見上げた。

「そうだよ、ネルちゃん」智広がドレスの方に目を向けた。二人は喜ぶよ、これを見たら。だから自信持ってお披露目《ひろめ》しよう」

「無茶はしたけど、君はちゃんと完成させた。二人は喜ぶよ、これを見たら。だから自信
「え……でも私じゃうまく説明できないかもしれないし、二人へは悠木さんが」

「何言ってんだ、これはお前の仕事だろう。いいか、俺たちだけじゃなく、客にも大見得切ったんだ。しみったれた顔してねえで、胸を張って最後まで自分でやり通せ」

「そうそう。オレも織方さんも側《そば》にいるから」

一人じゃないよ、と智広が目を細める。

「は……はい。よろしくお願いします……！」

思いの外、しっかりと声が出た。

小さな勇気を胸に、エレナは覚悟を決めた。

翌日の夜。仕事帰りに百合と菫にランタナに立ち寄ってもらうことになった。

「あの……本当に出来たの？　二人の好みに合うドレスなんて」

長椅子で、百合は半信半疑というような表情を浮かべている。

「デザインの希望は事前に伝えたけど、結局どんなデザインかも教えてもらってないし、

フィッティングは仮縫い用の生地での部分的なものだけだったし……。トモくんが大丈夫っていうからお任せしたけど、正直ちょっと後悔したところもあって」

菫はちらちらと、エレナたちの後ろの方を気にしている。

店内に運んだドレスには布を被せてある。二人が完成形を見るのは今日が初めてだ。

「色々と不安にさせてごめんね」隣に立つ智広が、場を和らげるように微笑んだ。

「でも信用してくれてありがとう。そのおかげで、二人にとって世界で一つだけの特別なドレスが完成したと思うよ」

ね、と智広に背を押されエレナは頷いた。深呼吸をした後、長椅子の前へ進む。

「あの……まずこれをお返しします」

ティーテーブルに、借りていたバレッタとブレスレットを置く。二人の顔色が変わった。

「これ……」

「え、なんで一つになってるの？」

「お二人の宝物、本当は二つで一つのアクセサリーなんです。これは、伯母様が込めた秘密のメッセージです」

「『メッセージ？』」

二人が互いに顔を見合わせ、すぐに気まずそうにぱっと逸らした。

届く距離なのに、勇気が出ない——智広が言った言葉が浮かんだ。

勇気を持つにはきっかけが必要。自分が作ったものは、それになれるだろうか。でも、今は預かった願いをすべて届けるだけだ。

「百合さん、菫さん。ずっと『同じ』であることを強いられていると感じてきましたよね。でもこの世界に同じ人間は一人もいないんです。姉妹でも双子でも違う人間です。負けたとか劣っているなんてないんです。どっちかが諦めなきゃならないと悲しまなくてもいいんです。このドレスは二人への贈り物ですから」

エレナは合図を送った。織方が布を引き下ろす。

「これは百合さんのために」

マーメイドラインのドレスを纏ったトルソーの隣に、エレナは移動した。

「トップスはレースを取り外してビスチェタイプに変更、スカートもレースは裾周りだけにして、シンプルにしました。胸元はデコルテがきれいに見えるハートカットに。スカートラインはフィットしすぎないように、でも美しい曲線を描くように調整しました。裾丈はご希望通りに短めに。でもマーメイドはバックスタイルが重要です。後ろに流れる引き裾——トレーンを流すと、立ち姿もよりエレガントに見えます。なので伯母様のマリアベールをアレンジして、胸元のコサージュとバッスルトレーンを作りました」

ドレスの箱にはロングタイプのマリアベールも入っていた。

ウエディングベールは二人の母親が新しく用意すると聞いたので、許可をもらって素材に加えさせてもらったのだ。

コサージュは花に止まる蝶のイメージ。ベールの繊細なレースの縁取りを生かした長いトレーンは、美しく後ろ姿を引き立てるだろう。涼やかに香る清廉なユリの花のように。

「コサージュもトレーンも付け外し出来る仕様です。バッスルがあれば長さの調整も可能なので、腰ではなくサイドに付けて裾にボリュームを出せば、フェミニンなスタイルにもなります。他にもアレンジは色々と――」

「すごい、あたしの思い通り……。キレイ……」

百合は呆然とドレスを見つめていた。少し疲れが滲《にじ》んでいたその瞳が明るくなり、ビジューのように輝き始める。

「ちょっと待ってよ！」菫が異議を唱えた。

「私はレースは残して欲しいって言ったのに、なんで全部取っちゃったの？　形だって、これじゃ全然わたしの好みじゃない」

「大丈夫です。これから菫さんのドレスになりますから」

智広が運んできたチュールの束を受け取り、エレナはそれをふんわりと広げた。

「チュールとシフォン、レースのフリルを重ねたオーバースカートです。マーメイドスカートの上に重ねると、ご希望のプリンセスラインのドレスになります」

フリルのティアードスカートには、パールやビーズを刺繍するビーディングも施した。動くたび光を受けて煌《きら》めきを放ち、花びらのように揺れる。可憐なスミレの花のように。

「以前のレースのトップスは、ビスチェの上に着るオフショルダーのボレロにアレンジしました。バッスルトレーンで、さらにバックスタイルを華やかにすることも出来ます。いかがで──」

「かわいい……！」

興奮気味に駆け寄って来た菫が、ボレロの後ろのくるみボタンを留めていたエレナの手をガッと掴んだ。

「お花みたいなスカートも、このボレロもすっごく素敵よ！　あなたすごい、すごいわね!!　アンティークレースは扱いが難しいっていうけど」

菫の行動に驚きつつ、「実は……」とエレナは目を泳がせた。

「ちょっと苦労したんです。アンティークでなくてもレースは非常に繊細で……取り外す過程で、少し破れてしまったんです。でも運よく倉庫に同じレースのストックがありました。伯母様のドレスの型紙と一緒に。ドレスを作った私の祖母が書いたんだと思います」

一度織方に連れて行ってもらったランタナの倉庫には、今までオーダーを受けた服の共布や型紙が大切に保管されていた。どの型紙にも依頼人についての情報が事細かに書きこまれていて、思い出を集めた宝箱のような場所だった。

「先代のオーナーの方針でな。うちの店では型紙に依頼人の性格や好み、ちょっとした会話も全部書き込んで残す。いつか服を受け継ぐ人間が現れた時に思い出話が出来るようにな」

織方が持ちだした大きな封筒を、手前に座る百合に差し出した。

「後で見てみるといい。お前さんたちが知らない伯母さんを知ることも出来るだろう」

「あ……ありがとうございます」受け取った封筒を百合が大切そうに抱きしめた。

手を握ったまま、菫がエレナに向き直る。

「ごめんなさい、あなたを疑うようなことばかり言って。本当に、約束通りのドレスになった。こんなドレス、式場にもなかったわ。ありがとう」

「私は……出来ることをしただけです。伯母様が望んだのは、二つで一つの姉妹のマリエ。この店の名前である『ランタナ』は別名『七変化』と呼ばれる花の名前です。次々に色を変えるその花のように、お二人の好みに合わせて何通りにもなるデザインにしました。色々悩むのも楽しみの一つだと思うので。これはコンプレックスを隠す服ではなく、自分らしく輝くための一着です。どうぞお二人で、世界に一つの自分だけのスタイルを作って下さい」

「二つで一つ……伯母様はなんでそんな」

「きっかけにしたかったんだよ。二人が昔のような姉妹に戻るための」

智広が声を挟んだ。

「だって二人とも、お互いを嫌いだって言うけど本当は好きだよね？　見てればわかるよ。お互いを大切に思ってること。たぶん二人もずっとわかってたよね。本当は元に戻りたいって。でも、自分に自信がなくて本音が言えなかった」

「な、何言ってるのよ！　元に戻りたいなんて思ってない。あたしたちは合わないのよ！二人で一着なんてなんの意味があるの？　今さら――」

封筒を抱きしめたまま、百合が大きく左右にかぶりを振った。

「難しいよね、自信持つって」百合の側で、智広が膝を折った。宥《なだ》めるように百合の顔を覗き込む。

「それよりけなし合う方が楽かもね。でもさ、大切なものは明日もあるとは限らない。伯母さんはそれも伝えたかったんだと思う。失ったら二度と戻ってこないから」

はっと顔を上げた百合の髪に智広が手を伸ばす。

「大丈夫だよ、百合ちゃんは百合ちゃんなんだから」

ポンポン、と髪を優しく撫でた後立ち上がり、智広は今度は菫を振り向いた。

「別にいいじゃん、誰に何言われたって。菫ちゃんも菫ちゃんでしょ？　そんな当たり前のこともわからないヤツらの言葉に、傷つく必要なんてない。悲しい顔じゃなくて、笑ってよ。それで素直になろう。天国の伯母さんにちゃんと幸せだって言えるように」

――なぜだろう。

智広はシフォンみたいにふわふわとした男だ。華やかで軽やかで、うまく掴めない。

でも時々この人の言葉は心にすっと光のように差し込んでくる。特別な力が宿っているように、不思議と心を軽くする。

「……百合ちゃん」

菫がコクン、と喉を鳴らした。唇をきゅっと噛みしめ下を向く。エレナの手を握るその手は小さく震えていた。

「二人で着よう、このドレス。それで、もう一度最初からやり直したい……」

本当はずっと寂しかった――菫が涙声になる。

唇を噛んだ百合が顔を背《そむ》けた。その頬に、絹糸のような涙が静かに伝う。

「……ごめん、菫。――ずっと、ごめんね」

百合が両手で顔を覆った。

「わたしも、わたしこそごめん――。百合ちゃん、ほんとは大好き……！」

エレナの手を放し、菫が百合に駆け寄った。二人がお互いを抱きしめる。

――ウソみたい……。

その光景はまるで映画のワンシーンのようだった。エレナの胸がじわりと熱くなる。

おつかれさん、と織方に右肩を叩かれた。その顔は心なしかやさしい。

「……まさか、服で人の心を変えるなんてね」

呆れたような、少し皮肉めいた響き。でも智広の横顔は、どこか晴れ晴れとしている。

「君はすごいな。魔法使いみたいだ」

「ま、まさか。というか服より、悠木さんの一言のおかげのような気もしますけど」

「え、そう？　ちょっとオレのこと見直した？　もっと一緒にいてもいいかなと思った？」

「それとこれとは話が別で……ってもっと一緒にって？　引き受けるのは今回限りで」

「それがさー、ちょっと惜しいかなーと思っちゃったんだよね……」

よく聞き取れなくてエレナは「え？」と訊き返す。だが智広は「なんでもない」と曖昧に言い換えた。

「……本当に気まぐれなやつだな。孫娘、お前さん覚悟した方がいいぞ」

両腕を組みながら、織方が嘆息する。

なんの話だろう、ドキドキする。でもこれは——嫌な予感の方だ。

謎めいた織方のアドバイスに一抹の不安がよぎりつつ、エレナの瞳いっぱいに今映るのは、姉妹の心からの笑顔だ。

たての糸とよこの糸がようやく交差する。その先には、極彩色の織物のような、色あせない幸福と祝福に満ち溢《あふ》れた未来が待っている。

『自分の人生に恋をしなさい』

今は遠くに逝《い》ってしまった青い瞳が囁く。

誰かの人生を愛しいと思うことも、その一ページになるのかもしれない。

あの言葉に込められた意味が、エレナは少しだけわかった気がした。

第二話　フラワーホールと追憶のダンス

「師匠、完成しました……！」

傍《そば》に置いてあるタイマーをバン！　と止め、エレナはミシンから顔を上げた。作業台の方を振り返り、縫い終わった白いシャツを顔の前で広げる。大小大きさの違う裁ち鋏の手入れをしていた織方が、「ん」と顔を上げた。

九月下旬。季節は徐々に秋めいて、過ごしやすい気温になってきた。

古いエアコンが一台しかない北浦和の自宅と比べると、ほどよく空調がきいたこのアトリエは快適だ。でも今日は、極度の緊張によりエレナの額にはじっとりと汗が滲んでいる。

「ようやく出来たか。じゃあ確認だ。俺が指定した条件はなんだった」

「な、夏のビジネス用シャツ。生地は丈夫で通気性のいいもの。襟型はクラシックスタイルのスーツに合う形、です」

どぎまぎしながら答えた。シャツをトルソーへ着せ、織方がまず生地をチェックする。

「コットン一〇〇％のピンポイントオックスフォードか。オックスフォードはカジュアルすぎるが、より細い糸を使うピンオックスなら通気性もいいし、ハリも光沢も適度にあってフォーマル用でも通用する。襟をラウンドカラーにしたのはなぜだ」

「ラ、ランタナのスーツは英国式スタイルなので……英国で昔から馴染みのある襟型にしました。丸いカーブ襟は少しかわいい印象だけど、襟先の角度をシャープにすればビジネス向きになるし、ノ、ノーネクタイでも映えると思います、です！」

織方塾・五回目。毎日何らかのお題が出され、それを時間内に仕上げるというのがこの勉強会のルールだ。

最初はステッチや道具の使い方など基礎の確認だったが、三回目よりいよいよ実技が始まった。お題はメンズ用シャツの縫製。練習用の型紙と手順書を渡され、生地選びから一通りやってみろと言われた。手順通りに出来るかを見たいのだという。

――ま、間違えた……？

沈黙が怖い。

男性用のＹシャツは今まで縫ったことがなかったし、縫い合わせるパーツも多い。

しかも一から服を作ったのは三年ぶりだ。ずっとリメイク以外で何かを作るのは避けていた。

織方に「ただの練習だ」と押し切られて従うはめになったが、本当はやりたくなかった。

シャツは三回目の課題だったが、手が震えて裁断するのが精一杯だった。四回目はミシンを踏んでいる途中で、体に石を詰め込まれたように息苦しくなった。

『ここで働くならとにかく仕上げろ。完璧にな。あとで質問もするからな』

織方には無理だと訴えたが——彼は鬼だった。というわけで、今回が三度目の正直だ。

織方の無言の圧力に耐え、何度も小休止を挟みながらなんとか乗り越えた。タイムは三回目から合算して八時間三十五分。本来の制限時間は二時間四十五分だったのだが。

「クールビズも意識したわけか。まあ、いいだろ。だがな——見ろ、襟の高さが左右対称じゃない。裾も長さが微妙に違うし、ヨレてる」

「す、すみません……」

「それから袖と脇線の縫い合わせが違う。指示は折り伏せ縫いじゃなく巻き伏せ縫いだ」

「右だけ間違えたんです〜。直す余裕なくて……でも着心地はほとんど変わらないし」

「——そうやって客のこともごまかすのか？　注文服っつーのはなぁ、ただサイズが合えばいいってもんじゃねえんだ。わかってんのか、ああ？」

ひいっとエレナは頭を抱えて椅子の上で毛糸玉のように丸くなった。

出会ってから約三か月。最近は織方とは裁縫トークで盛り上がることもあり、初対面の頃よりはその強面にも慣れてきた。面倒見もよく、東京湾に沈めるような恐ろしい人でもない。わかりにくいがやさしいところもある——が怒ると、やっぱり怖い。

本当なら、もう二度とこの店《ランタナ》にエレナが来ることはないはずだった。北浦和でレース帖を愛《め》でながら、まったりのんびりお裁縫ライフを継続していただろう。

でも人生は思いがけないことが時々起こる。そう、運命のいたずらのようなことが。


ウエディングドレスのリメイクは、奇跡的に大成功だった。

菫は七月に無事結婚式を挙げた。ぜひ参列して欲しいと言われたが、そんな華やかな場での振る舞い方もわからないし、盛り下げたらいけない。丁重にお断りをした。

参列した智広から写真を見せてもらったが、華やかでキュートなプリンセスドレスは、エレナが思い描いた以上に菫に似合っていた。会場でも話題になったそうだ。

『ありがとう。あなたに任せてよかった』

百合と菫の笑顔は、今も美しいスタンプ刺繍《ワーク》のようにエレナの心に残っている。

百合の結婚式ももうすぐだ。きっと菫と同じくらい美しい花嫁になるだろう。

でも一歩間違えれば失敗していたかもしれない。二人をがっかりさせたかもしれない。

お披露目の後燃え尽きて、最終的な仕上げは織方の手を借りたから間に合ったが、今回は運がよかっただけ。次はどうなるかわからない。

だから智広からの「従業員にならない？」という誘いは断り、報酬は振り込んでもらうことにして北浦和へ帰った。

ところが、しばらく放置した家の中が大変なことになっていた。長く続いた雨で、雨漏りしていた店の天井の一部が落ちてしまったのだ。

板張りの床も濡れたせいで傷んでしまい、一部の商品も台無しになった。

あちこち雨漏りする手のかかる家なのを、作業に夢中ですっかり忘れていた。もちろんすぐ業者に修理の依頼をした。

けれどももともと老朽化が目立つ古い家だ。今まで大きなリフォームなどもせずごまかしながら住み続けてきたが、あちこち修繕の必要があることがわかってしまった。

修理にはもちろんお金がかかる。費用はエレナが予想した以上に高かった。幸い祖母が遺してくれた貯金があったのでそれで賄《まかな》えたが、蓄えはそう多くはない。

この先、趣味程度の店の収益でどこまでやっていけるのか――。

自分はたぶん一生独身だ。祖母が愛読していたイギリスの女流作家ジェイン・オースティンの作品に出て来るような、平凡な日常を愛しながらひっそり年老いていく。でもそんなささやかな老後のためにもお金は不可欠だ。

リビングのテーブルで電卓を叩きながら、以前円佳が言った「お金がないとごはんも食べられないんだよ」という言葉に頬を打たれた。まったくその通りである。

もっと働かなければ。けれど自分に出来ることと言えばお裁縫だけ。でも新しい服は作りたくない。作れない。どうしたらいいのか――。

『リメイクだけでもいいからさ。うちの従業員にならない？』

その時目に入ったのはテーブルの隅にある手帳からはみ出していた智広の名刺。そして同時に彼の言葉を思い出したのだった。

「まあでも、悪くはねえ。待ちくたびれたがな。いいだろう、合格にしてやる」

「あ、ありがとうございます！」とエレナは顔を跳ね上げた。

あらゆるダメ出しを覚悟していたので、ホっとした。なんとかなった。

織方は新しいスタッフが入店すると、こうして必ず抜き打ち試験を行うらしい。

注文服には、大きく分けてパターンオーダーやイージーオーダー、フルオーダーなど三つのオーダーの種類がある。

パターンオーダーは既製の見本から自分に近いサイズを選んで仕立てる最も手軽なオーダー方法で、イージーオーダーは決まったデザインの型紙を使って、体形に合わせてサイズ調整や補正を行いながら仕立てていく。デザインや型紙を一から作るフルオーダーより安価で、短納期なのが魅力だ。

ランタナは一番値が張るフルオーダーの専門店だ。扱うのは主に紳士服。しかも一着をすべて一人の職人が仕立てる丸縫いが基本で、確かな技術が求められる。しかし織方の指導はスパルタすぎて、過去に何人も職人が辞めたらしい。

ナナ曰く、織方はこの商店街で『ランタナの番犬』と呼ばれているそうだ。

先代オーナーと店へのドーベルマン並みのロイヤルティの高さが由来らしい。スタッフに求める初期値のレベルが半端ないのも、店の看板に傷をつけないためだろう。

「次回は男性用のスラックスだ。今度は制限時間内にこなせ」

「ええっ……！　あ、あのっ、出来ればテストは今回限りで」

「なんだ、出来ねえのか？」

挑発するような織方の口調に、エレナはむうと口を尖らせた。

手伝うのはリメイクやアシスタント作業だけとはいえ、エレナも一応ここの従業員。

「やりたくない」「出来ない」は禁句だ。それに裁縫師としても負けん気を刺激される。

「なんか楽しそうだけど、ちょっとお邪魔していい？」

コンコン、という音に振り返ると、店内へ続くドアから智広が入って来た。

V字襟の白Tシャツに黒のスキニーパンツとスニーカー。ラフな格好である。

「織方さん、ちょっとネルちゃん借りていい？　買い物に付き合って欲しいんだ」

「買い物？　え、なんで私……？」

「んー、うちの従業員になったお祝い？　あげたいなと思って」

なぜお祝い？　思いきり首を傾げた。

確かに今月からエレナはこの店で働くことになった。週に三日ほど、契約社員として。

智広は正社員を勧めてくれたが、三年間社会からドロップアウトしていた身だ。とりあえずはお試し雇用となり、店の方もしばらくネット通販のみ継続することにした。

「細かいことはいいの。ちょっと休憩がわりに付き合ってよ。色々雑貨も見たいし」

「あ……もしかして例のカウンセリング・カフェの、ですか？」

夏の間に様変わりしていた店内をエレナは思い浮かべる。

応接セットが置かれていた入り口付近の一角を、カウンターのあるカフェバー風に改装したのだ。『英国風ティータイム』をコンセプトに、オーダーの相談やカウンセリングに訪れた客に、お茶とスイーツをサービスで提供するらしい。

「フン、何がカフェだ。急に『やっぱり店継ぐわ』なんて言いだしたと思ったら、妙なもんを置きやがって。うちは老舗の仕立屋だぞ。茶店じゃねえんだ」

織方がぶつぶつと文句を言う。

「妙なって。オレはただ、この店にはゆったり寛げるカウンセリングスペースが必要だって思っただけ。『仕立屋《テーラー》は客との信頼関係が何より大事』って織方さんもこないだオレに熱く語ってたじゃん」

「まあ言ったが……別に話をするだけなら、今まで通りでいいだろう」

「でもそういう関係築くのって、じっくりと相手のことをよく知る必要があるよね。だからカウンターにしたんだ。座る位置で人の印象や関係って変わることもあるんだ。その心理効果を利用してみようと思って」

「はあ？　なんだそりゃ」

「『スティンザー効果』ってやつ。オレ、大学で心理学かじってたんだよね。例えば、向かい合って座ると緊張感が生まれて対立しやすいけど、横並びに座ると親密な関係が築きやすくなる。ホストやキャバ嬢も客の正面には座らないだろ。あれも同じ。前回の依頼の後に、オレなりに自分に何が出来るか考えたんだ。仕立ての仕事は無理でも、接客には多少自信がある。だからカウンセリングなら引き受けられるんじゃないかと思って」

——さすが元ホスト……。

　接客が得意だなんて、エレナには一生言えないフレーズだ。

　でも確かに智広ならどんな人間の中にもするっと入り込み、心の鍵を開けてしまいそうである。いつのまにか『ネルちゃん』呼びを受け入れ始めている自分がいるように。

今の状況だって、なんだかんだ智広のペースにうまく乗せられている気もする。まさかこれも何か心理効果を応用されているのだろうか。

「織方さんもネルちゃんも、正直言って接客向きじゃないからね。他に従業員もいないし、しばらくはリメイク――継承案件に絞って営業するけど、朝香姉妹の件以来、ぽつぽつ問い合わせも入ってるし。完全復活した時に、二人ともちゃんと応対出来る自信はある？」

店の再開は十月一日を予定している。あと一週間だ。

智広に問われ、織方が低く唸《うな》る。エレナも「ないです」とふるふると首を横に振った。

「ね、そこはオレに任せてよ。『イケメンがいる仕立屋』とか話題になりそうじゃん？」

――じ、自分で言っちゃうんだ……。

智広が美形なのは事実だが、恵まれた人だなと思う。

その明るくて前向きで積極的な性格も含め、人を惹きつける魅力と自信に溢れている。

消極的でいつも下を向いてばかりの自分とは正反対だ。

「アホか。うちはそういうミーハーな客寄せはしねえ」織方の細い眉がピクリと跳ねる。

「接客の件はお前の方が適任なのは確かだ。だがな、いくらオヤジが好きにさせろと言ったからって、何もかも承知はしねえぞ。初代から守ってきた伝統や普遍的なスタイルを好む客もうちには多い。オヤジへの反抗心で引っかきまわすことだけは許さん」

「わかってるよ」智広がわずかに声を尖らせた。

「心配しなくても仕事に口を出しはしないよ。でも化石みたいな古い考えだけにこだわらないで、新しい要素や業態を取り入れていくのも大事だと思う。あくまで商売なんだから」

「商売は商売だがな。それ以上にオヤジたちが大切にしてきたもんが――」

「ごめん織方さん、その話はまた後でね！　じゃ、ネルちゃん行こう」

「えっ、悠木さ――」

「おい、智広！」

顔面が凶器と化しつつある織方を残し、エレナは店から連れ出された。

店を出た後、智広のレクサスに放り込まれ強制的に買い物に連行された。

北千住駅前に商業ビルがいくつかあるのでその辺りで済ませるのかと思ったが、着いたのは表参道だった。

地下駐車場に車を駐めた後、賑やかな通り沿いのショッピング施設内を回り、今はレトロな生活雑貨やインテリアを扱うショップにいる。智広が物色しているのはテーブルウェアのコーナーだ。

「あ、これいいね。ゲスタンにどうかな」

「げ、げすたん……？」

謎の単語にエレナは戸惑う。智広が手に取ったのは脚付きのグラスである。

「あ、ごめん。ゲスト用のタンブラーのことね。フルーツティーとか入れたらキレイじゃない？　あとケーキ用のプレートも欲しいなー。せっかくだから、英国の伝統菓子を作って出そうと思ってるんだ。スコーンとか、ヴィクトリア・ケーキとか日替わりで。今家で練習中」

「はあ……。伝統菓子ですか……」

そういえば先日、祖母が遺したレシピがないかと訊かれた。

祖母の作るキャロットケーキはエレナの大好物だった。スパイスとドライフルーツ入りで、白いアイシングがたっぷりかかったやつ。

智広の料理やお菓子は控えめに言っても絶品だ。ドレスリメイク中、エレナの胃袋は智広の手料理に完全に掌握されていた。でもレシピを教えるかどうかは迷っている。

「あの……悠木さんはどうしてお店続けようと思ったんですか？」

「うん？」

智広が思い立ったら行動派、なのはわかる。でも迷っていたのになぜ心変わりしたのか。仕立ての経験もなく知識も乏しいまま店主になるのは簡単じゃないはずだ。

「うーん、正直言うとなんとなく興味が湧いて」

「な、なんとなく……!?」

「大丈夫だよ、もう逃げたりしないから。これでもわりとマジメに色々と考えてるし。ねえ、このラウンド型とスクエア型、どっちがいい？」

話題がケーキプレートの選択に戻った。

もやもやする答えだ。やっぱりレシピノートは見せない。まだ信用するのは早い。

「あの……私、おしゃれでもないしセンスもないので、お役に立たないと思うのですが。こんな流行の最先端エリアに来たこともない、引きこもりなので」

「そう？　オレはネルちゃんはセンスないとは思わないけどな」

「えっ、ど、どこが……？」

真横のウォールミラーに映る自分の姿をエレナは確認した。

オフホワイトのコットンワンピースに、レース編みのドルマン風カーディガン。履き古したレースアップシューズ。両サイドで編み込みにした髪も含めて、野暮ったいカントリーガールだ。同じシンプルな格好でも智広は都会的に見えるのに。

「魅力的なリメイクも出来るし、その服もよく似合ってる。自分に合った、自分らしくいられるスタイルを知っている人っていいなって思うんだ。でもそのぎゅうぎゅう編みは髪が泣いちゃいそうかなー。せっかくキレイな色だし、もっとさ」

「えっ！　ゆ、悠木さんは髪の妖精さんの声が聞こえるんですか？」

食い気味に振り仰ぐと、智広が「ん？」と反応に困った様子を見せたので、エレナはとっさに身を引いた。

「あはは……いるわけないですよね妖精とか。昔おばあちゃんが読んでくれた絵本にそういうお話があって——ええと忘れて下さい。ごめんなさいあはははは」

いい年して妖精とか、絶対引かれた。案の定智広がふっと吹き出す。

「ネルちゃんてピュアだよねぇ。もしかして、まだサンタとか信じてたりする？」

「サンタクロースがクリスマスプレゼントを運んで来てくれるという逸話ですか。いいえ、クリスマスプレゼントは家族が用意しておくものですし」

「あはは。そこは信じないんだ」今度は声を立てて笑う。

「オレは中一まで信じてたよ。その頃まではわりと色んなもの、素直に信じてたなー」

「その頃までは？」

「うん。母さんがオレの父親の愛人だって知っちゃうまでね。——よし、こっちにしよ。

じゃあオレ会計してくるから、ちょっと待ってて」

グラスとプレートを入れたカゴを持ち、智広がカウンターの方へ向かう。

——え……今……なんかとんでもないこと、聞いた気がする……。

母親が愛人？　その場に立ち尽くして、エレナはぽかんとその後ろ姿を見つめた。

頭の混乱を片付けられないでいると、まもなく智広が戻って来た。両手に大きな紙袋と小さな紙袋を下げている。

「はいこれ」

小さい紙袋を渡される。中には四角い箱と、チューブ状のものが入っている。

「箱のはネルちゃん用のマグカップ。仕事の休憩用にね。それからハンドクリーム。お裁縫って手が荒れるでしょ」

「えっ……あ、ありがとうございます」

混乱が引っ込んだ。本当にプレゼントを買ってくれるとは思わなかった。

休憩用ということは、お店に置いていいんだろうか。ちょっと——うれしい。

ハンドクリームもありがたい。指先がいつもカサカサなのだ。気遣い王子、恐るべし。

智広が人気者だったのは、こういう絶妙な配慮が当たり前のように出来るからなのだろう。

「たいしたものじゃないけどね。あ、そろそろお昼か。せっかくだからランチして帰ろう。

近くにオススメのオープンカフェがあるんだ」

「オープンカフェ……？　いやいやいや無理です。悠木さんと二人で衆人環視の中でランチなんて、秒で死にます」

「ははっ、何言ってんの。ほら行くよ」

「だから、無理ですってば――」

抵抗虚《むな》しく智広に肩を抱かれ、店の入り口の方へ向かされた、その時。

「――あれ？　智広じゃん」

目の前にすらりと高い人影が立った。

「お前が老舗テーラーのオーナーねえ。本当に親父さんの跡継いだんだな」

智広の名刺を眺めながら、ショップで声をかけてきた男――鳳生《ほうしょう》タクミは、少しタレ目気味の色気ある目元に驚きを滲ませた。

「店辞める時に代表とタクミさんには言ったよね、仕立屋の話」

「でも詳しいことは誰にも何も言わず去っただろう。『トモ』のSNSのアカウントも即削除してあったし。ヤバい借金して飛んだんじゃないかって噂になってたぞ」

二人は気心が知れた仲のようだ。智広の説明によると、鳳生は大学時代の先輩で前の職場の同僚——つまり彼もホストらしい。

——悠木さんの知り合いって……インパクトだらけだな……。

ストローでアイスティーを飲みながら、エレナは斜め向かいの男をそっと窺う。

アイドル顔で華やかな印象が強い智広とは対照的な、知的でクールな美形である。

高襟のクレリックシャツに、涼し気なネイビージャケット、オイスターホワイトのテーパードパンツ。足元はタッセルつきのオペラシューズと、服装もミラノの街角あたりが似合いそうなスタイリッシュな雰囲気だ。

「で、こちらのお嬢さんは恋人？　エレナちゃんだっけ。ちゃんと紹介しろよ、智広」

ゆるくウエーブがかかった黒髪を掻き上げ、鳳生がセクシーな唇を引き上げる。

「こっ！　ち、違っ……ゴフッ！」

アイスティーを吹き出しそうになって、エレナは激しくむせた。

ビルの五階にある智広お薦めのおしゃれなカフェは、眺めがいいと人気らしくテラス席はほぼ満席だ。

入った時から周囲の目（主に女性）を痛いほど感じたが、さらに視線を集めてしまった。

ちょうどテーブルにデザートを運んできたカフェのスタッフにも「だ、大丈夫ですか？」と心配されてしまい、恥ずかしいことこの上ない。だからランチなんて嫌だったのだ。しかもこんな目立つ二人と。

「ネルちゃん、平気？　違うよ、彼女はうちの従業員。これでも凄腕の裁縫師だよ」

隣に座る智広が背中をさすってくれる。なんとか落ち着いた。さっきおなかに収めたメインのパスタ料理を戻さなくてよかった。

「ふうん――こんなかわいい仕立屋さんがいるなら、新規オーダー再開したらおれも一着作ってもらおうかな。フルオーダーってどのくらいかかる？」

「ちょっと、うちの従業員に色営はやめてよ。ネルちゃん、この人の目三秒以上見ないで。オレがレガーロに入店する前、五年間ナンバーワンだったし、今も別の系列店のナンバーワンな人だから。マジでタラシだから」

「え、えっと……はぁ」

よくわからないがすごいことなのだろう。見つめ合う予定はないが、エレナは頷いた。

当の鳳生は優雅にエスプレッソを飲んでいる。

「レガーロではお前が入って半年で、ナンバーツーに降格したけどね。なんだよ、悪い客じゃないぞ。言い値で払うし」

「そんな法外な値段じゃないよ。フルハンドの上下のスーツの仕立ては二十三万から。プラス生地代と共布代ね。でも初期費用が高い分、継承者がリフォームする場合は、追加材料費のみ。長い目で見ればお得かな。まあ親会社の工場に頼んでマシンメイドにすれば安くできるけど、ちょっと難しそうで」

「ああ、相変わらず義理の兄さんたちに嫌われてるのか」

デザートの桃のジェラートをすくっていたスプーンを、智広がピタリと止めた。

「……まあね。でもうちはカッチリめなブリトラ系だから、タクミさんの好みには合わないかもよ。その一枚仕立てのジャケットだって、シャツだって全部イタリア製だろ」

「イタリア製……」ジェラートで生きた心地を取り戻し、エレナは改めて鳳生を見た。織方塾ではスーツの歴史やスタイルの講義も受けたところだ。

「イタリアのジャケットはイギリスとは対照的な、パットや芯地を使わない柔らかで軽い仕立てが特徴ですね。なめらかでドレープ感のある生地と体に自然に沿う優美なライン、袖は『雨降り袖』と呼ばれるギャザーを寄せる技法で」

「タクミさん、ごめん。ネルちゃん、服のことになるとこうなっちゃうんだ」

智広のフォローでエレナは「……はっ！」と我に返る。鳳生がクスリと笑う。

「ふうん、なんか智広と気が合いそう。家のこと嫌ってるわりにお前も服とか詳しいもんな。よく新人キャストにスーツコーデのアドバイスしてやってたし」

視線を合わせたまま、鳳生がエレナの方に身を乗り出す。

「あのね。夜の世界に誘ったのはおれだけど、コイツちゃんとした企業に就職決まってたのにそれを蹴ってホストになったんだ。親父さんへの反抗心で」

「反抗……？」

そういえば、織方も似たようなことを言っていたような。

「タクミさん！　その話はいいから」焦ったように、智広が口を入れた。

「それより、なんでこんなところにいるんだよ。この時間、いつも寝てるだろ」

「今日は同伴なんだ。その子が服を買いに行きたいらしいんで、ちょっと下見してきた」

椅子の背もたれにかけていたトートバッグから、鳳生がシルバーのカードケースを出した。白いカードを抜き出し、テーブルの上に滑らせる。

「あ、知ってる。ここ、最近出来たセレクトショップでしょ。国内の新進気鋭のデザイナーの服とか扱ってる」

智広がカードを取り上げる。店の名前が入ったショップカードのようだ。

「そうそう。彼女『イリス』ってブランドが好きで。ほら、雑誌とかテレビで男前だって話題のデザイナーの」

「……城《じょう》ケ《が》滝蓮《たきれん》」

無意識のうちに、唇からその名前が零れた。智広と鳳生がこちらを向く。

「あれ、知ってるんだ。ネルちゃん好きなの？」

「違います。違う、けど……名前くらいは知ってます」

城ケ滝蓮は三十一歳のファッションデザイナーだ。『イリス』は彼のレトロ・ドレッシーをコンセプトにしたフェミニンな女性向けアイテムを展開するブランドである。

「最近人気みたいだね。ファッションアワードをいくつも受賞して、パリでショーも開いたとか。今度メンズブランドも手掛けるらしい。おれのお客さんでも好きな子多いよ」

——大丈夫。

テーブルの下で、エレナはぎゅっと両手を握りしめた。

このくらい、大丈夫。深く呼吸をして、カフェの喧騒を意識する。カトラリーの音、笑い声、足音、その中に揺れ始めた感情を少しずつ流した。

「すまない、そろそろ時間だからおれは行くよ。——そうだ、インテリアを探してるなら、ここへ行ってみたらどうだ。客からの情報だけど」

先ほどのカードケースから別の一枚を引き出して智広へ渡し、鳳生が立ち上がった。

「ある貿易商の自宅でガレージセールをやってるらしい。じゃ、またね」

トートバッグと伝票を手に、スマートに立ち去る。周囲の視線を一人占めにして。

「へえ、ガレージセールか。面白そうだね」

智広の目に好奇の色が浮かぶ。どうやらまだ帰れそうにないみたいだ。

ぬるくなった残りのアイスティーをエレナは諦めとともに飲み干した。


ガレージセールの会場は、高級住宅街が多い目黒区の一角にある豪邸だった。

巨大な門と塀に囲まれた広い庭付きの石造りの洋館だ。訪問客の駐車場として開放された前庭には噴水もあり、誘導の係員までいる。

「最近亡くなった松濤誠一《まつなみせいいち》っていう貿易会社の社長さんの家なんだって。骨董品蒐集《しゅうしゅう》が趣味だったらしいけど、管理が大変だからって奥さんが売り出すことにしたらしい」

エレナが呆気にとられている間に、目が合ったというマダム風の女性客たちから智広は色々と情報を仕入れていた。

ワインからアンティーク家具まで幅広い分野の輸入販売で成功し、財を築いた人物ということだ。会社は小規模というが、この家からして成功者であるのは間違いない。

「もっと庶民的な規模を想像してました……人もたくさん来てます……」

「古美術商とか個人コレクターもいるみたいだね。会場は中庭だって。行ってみよう」

車の後部座席から出した薄手のグレージャケットを智広が羽織った。用意がいい。せめて少しでも見栄えよくしようと、エレナもワンピースの裾を伸ばしてから後を追った。

青々と茂る芝生が一面に広がる中庭には、巨大なテントが置かれていた。その下には、細工の美しいキャビネットやテーブルなどの大型家具や、大きな壺やランプなどの調度品、食器やカトラリー、カーテンやテーブルクロスまで、様々な品物が所狭しと並んでいる。

「マイセンのティーセットにダヴェンポートの皿……。へえ、高級品だらけだ」

マニア垂涎のアンティークの山に、智広の声も高揚気味だ。意外にも興味があるらしい。

「好きに見て来ていいよ」と言われたので少しぶらつくことにした。珍しさにあれこれ覗いて見回りながら、木製のアンティークドレッサーの前を通りがかった時だった。

「はっ、これはっ……！」

ドレッサーに戻り、エレナは化粧台にかじりついた。

花柄や紋章が施された繊細なエナメル細工のヴィンテージボタンが並んでいる。柄はすべて手描きのようだ。たぶん年代物である。

——十九世紀、ヴィクトリア朝のものかも。もしかしたら他にもお宝が……！

目をカッと開きサーチモードを発動した。一気にボルテージが上がる。

しかし真っ先に目に留まったのはテントの隅にあるハンガーラックだった。一着のくたびれた感じのジャケットが、忘れられたようにぽつんと掛けてある。

——これ既製品じゃない。オーダーメイドだ。

近づいてやっぱりと思った。

オーダージャケットは、ハンガーにかけると型崩れしたように見えることがある。売り場での見栄えを重視した量産品と違い、個人の体形に合わせて作られたものだからだ。

柔らかな触感の、紳士用のツイードジャケットだ。柄は伝統的な英国調チェックであるウインドーペーン。濃紺色の発色が美しい。

——最近のものじゃないみたい。忘れ物かな？

たぶん、大切にされてきたものだ。そんな気がする。どうしてこんなところにあるんだろう、と不思議に思っていると背後で静謐《せいひつ》な声がした。

「ああ、そんなところにあったのね」

パッと振り向くと、杖をついたシルバーヘアの初老の女性が立っていた。

「お気に召したならどうぞ差し上げますよ。それは捨てるものですから」

無表情のまま言う。上品な生成り色のブラウスとロングスカート姿の、寡黙そうな老婦人だ。背の高い二十代後半くらいの男性がそばに付き添っている。

「え、捨て……？　で、でも」

エレナが返答に困っていると「どうしたの？」と智広がやって来た。女性に気づいて、にこやかに会釈をする。

「すみません。僕の連れが何か？」

「あら……貴方」

智広を見て、老婦人が少し冷たい印象を受ける瞳をかすかに瞠った。

「以前どこかでお会いしたことがないかしら。見覚えがある気がするのだけれど」

――ま、まさかこの人もホストクラブのお客さん……⁉

こんな品がある人も遊びに行くのか――しかもかなり年上だ。エレナが内心驚いていると、智広が何か思い出したように「ああ」と言った。

「もしかしたら、それは僕の父かもしれません。千住仲町の小さなテーラーの店主をしておりました。僕はその三代目です」

ジャケットの内ポケットから名刺入れを取り出し、智広がその一枚を丁寧な所作で老婦人に差し出す。

「ああ、覚えているわ。昔主人が仕立てをお願いしたお店ね。うちに採寸にいらした時にお会いしたんだわ。確か主人と年が近くて、意気投合していたわね。あれは貴方のお父様だったのね。どうりで目が似ているわ」

「覚えて下さっていて光栄です、松濤様。亡くなった父も喜んでいると思います」

智広が老婦人と言葉を交わし始める。さっきまで初対面だったはずなのに、もう懐に入り込んだ。すでに数年来の知り合いだったような空気である。

――あれ、松濤って……。

確かこの屋敷の貿易商の名字ではなかったか。ということは、この女性は亡くなった社長の身内なのだろうか。

「そう、お父様はお亡くなりに。貴方が今の御店主さんなのね。偶然とはいえ、こうしてお会いするなんて不思議な縁ですね」

「本当ですね。出来ればご主人にもご挨拶をしたかったのですが……この度は心からお悔やみを申し上げます」

弔いの意を表した智広を真似《まね》して、エレナもぎこちなく頭を下げた。どうやら女性はこのガレージセールを主宰する社長夫人らしい。

「お気遣いなく。肝臓を悪くしてなんてあの人らしい結末だわ。それよりお気に召したものがあったかしら。若い方にはこんな古臭いもの、つまらないかもしれないけれど」

名刺を傍らの青年に渡す松濤夫人の声は、抑揚一つ変わらない。長年連れ添った夫に対する反応にしては、ずいぶん素っ気ない感じだ。

「とんでもない。素晴らしいコレクションですね。なかなかお目にかかれないものばかりで」

「気道楽が溜めこんだ、ただのガラクタですよ。立つ鳥跡を濁さずですっきり旅立ってくれたらよかったんだけれど、本当にどうしようもない人で。いい機会なので、屋敷内の不用品を一掃しようと思っているんです。どれでもご自由にお引き取りになって下さいな」

「お、奥様」黙って控えていた青年が、囁くように口を挟んだ。

「ですが、お譲りになると仰ったこちらのジャケットは、旦那様の」

「ジャケット？」と智広に訊かれ、エレナはそれを腕の中に抱えていたことに気づいた。

「あ、そうなんです、これ、注文服みたいなので気になって……。ご、ご主人のものなんですか！　それは失礼しました、お返ししますっ！」

あわあわとジャケットを返そうとしたが、夫人は静かに拒否した。

「いいんですよ。先ほど申しましたように、処分し忘れていたものですから返す必要はありません。煮るなり焼くなりお好きになさって」

煮るなり焼くなりって――エレナは混乱した。そんな野蛮なこと出来るわけがない。助けを求めるように雇い主を仰ぐと、智広は顎に手を当てじっとジャケットを見つめていた。

「松濤様、もしかしてこちらは、当店で仕立てたものでしょうか」

「ああ――そうね。そうだったと思うわ」

「では当店の『約束事』はご存じでしょうか」

智広が簡単に継承について説明をするが夫人は「そう」と短く応じただけで、興味を示さなかった。

「でしたら引き取って頂ける？　主人が若い頃のものだけれど、あいにく継承する者がいませんの。端切れにでもすれば、何かの役には立つのではないかしら」

「は、端切れ⁉　そんなことダメです。大事なものならそばに置いてあげて下さい」

思い出を切り刻むなんて。冷淡な物言いに、ジャケットを持つ手に力がこもる。

「構わないと言ったでしょう。費用が必要なら払いますよ。そうだわ、代わりにわたしの服をオーダーするわ。ちょうど一着誂《あつら》えようと思っていたの」

「ちゅ、注文なんていりません！　作りません！」

気づいた時には感情的になっていた。他の客たちが、何事かとこちらを窺っている。

「なんですって？」

「作りません！　お洋服を粗末に扱うような人に、そんな資格――」

「松濤様」

智広にぐっと肩を摑まれた。

「承知致しました。こちらのジャケットは当店でお引き取り致します。新規のオーダーにつきましては、後ほど改めてご連絡差し上げます」

「そうね、お願いするわ。では稔《みのる》さん、連絡先を教えて差し上げて。わたしは先に戻ります」

青年にそう告げ、夫人は踵《きびす》を返し屋敷の方へ戻って行った。

「ああ。確かにこれはうちで仕立てたもんだな。ここにタグもある」

トルソーに着せたジャケットの前身頃を織方がめくった。店のラベルと、生地メーカーの商標ラベルが並んでいる。

「フラップ付きのパッチポケットに、背中部分にヨークとプリーツ、ベルトは後ろだけのハーフベルト仕様。秋口用のノーフォークジャケットか。生地は英国の老舗マーチャントのシェットランド・ツイード。柔らかくて軽量で温かい」

「ノーフォークって狩猟用の上着だろ？　うちにも毎年似たようなのをドライクリーニングに出しにくるオッサンがいるよ。父親からもらったって。ツイードって、ジジくせー感じの生地だけど、丈夫で長持ちするんだってな。親子三代でも使えるとかなんとか」

設置されたばかりのアンティーク調のカフェカウンターに並べたマニキュアの中から、ナナが淡いベージュを取って、蓋《ふた》を開けた。

ジャケットを引き取って智広とエレナが店に戻った時にはもう夕方だった。

出窓から射し込む陽差しはもう、ベルベットのような風合いの深いオレンジ色。店内をノスタルジックに包んでいる。

松濤邸での出来事を織方に説明するついでに、お茶にしようと智広が言い出した。そこに仕事帰りのナナが合流したのだ。

「……優れた耐久性はツイードの最大の魅力です」

その隣の椅子の上でエレナは膝を抱えていた。「ほら、そっちの手」と言われ、ナナの方に体を向けて右手を差し出す。

「防寒性保温性も高く着れば着るほど馴染みがよくなる素材で……それにシェットランド島の羊さんの毛はとってもふわもこなんだそうです。他のツイードより手触りが柔らかいのはそのためです。私のカーディガンもその羊さんの毛を使ったシェットランドレースでおばあちゃんが編んでくれて」

「へー、羊毛なのかそれ。ほっせー糸だなー。てかネル子、なんでいじけてんだ」

ぶつぶつとツイードの特徴を呟くエレナの爪に、ナナはベージュを塗り始める。

「松濤夫人を怒らせたかもって、反省中らしいよ。向こうは全然気にしてなかったし、落ち込まなくていいのに。はい、ナナはカフェオレ、ネルちゃんはハニーホットミルク、織方さんはほうじ茶ね」

カフェスペースは店とガラスで仕切られていて、カウンター内にはIHコンロと流し台などお茶が淹れられる設備が整っている。

智広が湯気の立つカップをエレナの前に置いた。縁と底にギンガムチェックのラインが入っている、白いデイジー模様の丸いマグカップ。智広が買ってくれたものだ。

「ああ？　反省するのはお前だろーが」

織方がカウンターに乗り出し、智広の耳をぐいっと引っ張った。

「行先も告げずに姿をくらましやがって。俺をなんだと思ってるんだ。鋏の手入れどころかミシンの油まで全部差し終わったじゃねーか」

「いてて！　ごめん、ごめんって——。でもおかげで仕事が入るんだし、結果オーライじゃん」

「何がオーライだ。処分してくれと言われて、ジャケットを引き取っただと？　ふざけるな！　おい孫娘。お前さんも、その死んだ魚みてえな目はやめろ」

「だって、悠木さんが築いた友好的な空気を壊してしまうところだったんです。私はクズです……」

エレナは膝に顎を載せた。

感情を抑えるべきだった。智広が止めてくれなかったら、どうなっていたか。早く家に帰ってダーニングがしたい。グルグル円を作りたい。

「お洋服を捨てるなんて許せなくて。でも悠木さんはすごいです。気難しそうなご婦人だったのに、あっという間に打ち解けて」

「そりゃトモだしな。女相手ならなんとでもなる。コイツ、オールマイティ営業だから」

「オールマイティ……？」

チロ、と視線を向けると、ナナがニィ、と赤い唇の端を持ち上げた。

「ホストって色々営業方法があんだけどさ。コイツは年代問わず、状況に合わせて相手が望む男に擬態出来る器用なヤツだから。その場限りなら、どんな女を喜ばすのもうまい」

「そうなんですか……だから悠木さんは軽薄なんですね」

「ああ、コイツの方がクズだ。だから気にすんな」

「ちょっと！　ネルちゃんまでひどくない？　オレそんなイメージなんだ……」

自分用の深緑のマグに紅茶を注ぎながら、智広が口を曲げる。

「ほい、出来た」とナナが手を離した。

クリアベージュの輝きで両手の爪はつやつやだ。エレナの色白の肌にも自然になじんでいる。補強にもなるというので試《ため》しに塗ってもらったが、ぺしゃんこになっていた気分が少し回復した。

「悠木さんは、どうしてあの女性が社長夫人だってわかったんですか？」

「話の流れでなんとなく。うちと縁があるとは思わなかったけど」

なんとなくでうまくいったのか。その勘の良さが羨ましすぎる。

「ねえ織方さん、そのジャケットってどれくらい前のもの？」

「そうだな、店のタグデザインは俺が勤める前のものだ。三十年以上は経ってるな。まだオヤジも若い頃だろうから、初代との合作かもしれねえ。裏地は替えた方がいいが、手入れはよくされてるしまだ十分着られるよ」

ほうじ茶をすすりながら、織方がトルソーを振り返る。

「そうですよ……切り刻むなんて残酷すぎます」

ハニーミルクをエレナは一口飲んだ。ほんのりとやさしい甘さが複雑な胸に沁《し》みた。

「処分なんて私は納得できません。大事な家族の形見を捨てて欲しいだなんて。悠木さんだって腹が立つでしょう？　お父さんが心を込めて作った服なんですから」

怒鳴ったのはいけなかったと思う。でも、ショックだったのだ。自分が大切にしているものを否定されたような気がした。もし作った本人だったらもっと辛いだろう。

「うーん……まあ、でも何か事情がありそうだなーとは思ったよ」

智広が軽く肩を竦めながら言った。

「まあそうだろうな。持ち主の体の癖に合わせて誂えた服は、その人間そのものだ。簡単に手放せるもんじゃねえ。よほどのことがあるんだろうよ」

織方も珍しく同意する。

「じゃあさ。ネルちゃん。ポケットを探してみない？」

智広の手にあるスマートフォンが震えている。ディスプレイには『松濤稔』——あの青年の名前と電話番号が表示されていた。

「さて。少し時期は早いけど、新装開店しようか」


二日後、稔が一人でランタナを訪れた。

土曜日の今日は円佳と日暮里《にっぽり》に行く予定だったがキャンセルさせてもらい、エレナも同席することにした。訪ねて来た理由が知りたかったからだ。

紅茶に智広が焼いたドライフルーツたっぷりのボーダー・タルトを添えて出した後、エレナは窓辺の長椅子で智広と稔のやりとりに聞き耳を立てることにした。

「急に申し訳ありません。あの、先日はお越し頂きありがとうございました」

すみません、とカウンターに並んで座る智広に、稔が深々と頭を下げる。

はっきりとした男らしい顔立ちとは対照的に性格は控えめなようだ。見栄えのいい容姿と恵まれた長身なのに、服装も地味で垢抜《あかぬ》けない感じである。

「こちらこそ大変貴重なコレクションを拝見出来て幸運でした。ご盛況な様子でしたね」

お得意のにこやか対応で智広が接客を開始する。

「おかげさまで、ほぼ売却できそうです。悠木さんもお買い上げ下さったそうで」

「ええ、ファブリック類を数点だけですが」

カフェスペースに陽差しを運ぶ出窓には、セピアカラーのフラワープリントが散りばめられたペールブルーのカーテンが掛かっている。

元はガレージセールで売られていた上質な綿ローン生地のフリークロスである。遮光や断熱効果のない天然素材は陽にも弱くカーテン向きではないが、朝陽や夕陽を孕《はら》むと何ともいえない風情が出る。使い道を迷っていたのでそう言ったところ、智広が「じゃあカーテンにしよう」と言い出した。

エレナが来た時にはもう取りつけられていたので、織方が昨日のうちに縫ったのだろう。口ではぶつくさ言いつつ、織方は智広に甘い。二人は長い付き合いのようだ。織方は独身らしいが、智広とのやりとりを見ていると年の離れた兄弟みたいだ。

「お気に召して頂けてよかったです。あの……それで」

「ご用件はお預かりしたジャケットのことですよね。大丈夫です。処分はしていません」

智広の言葉に、稔は眉根を下げ肩の力を抜いた。

「よかった、ありがとうございます……！　実は、待って欲しいと言いに来たんです」

「やはりそうですか」智広が稔の方へ体ごと向きを変えた。

「事情をお聞きしてもよろしいでしょうか？　当店にはお客様が再びお戻りになった時、その方の『どんな要望にも必ず応える』という約束事がございます。お力になれることがあるかもしれません。もちろん、ここでお聞きしたことは決して他言は致しません」

「でも僕は継承者では……」

「わざわざここへいらしたということは、無関係ではないでしょう？　これは僕の推測ですが、稔さんは亡くなった松濤社長と奥様の息子さんではありませんか？」

――そういえば、この人の名字も松濤……でも。

あの無機質な老夫人とはまったく似ていない。それに『社長』『奥様』と呼んでいるのでお屋敷の使用人だと思っていた。でも智広の見立てては違うらしい。

「……確かに、僕は松濤の息子です。でも少し複雑な関係でして」

稔が強張《こわば》った表情で俯く。それからぽつぽつと話し始めた。

稔は二十七歳。松濤誠一と夫人の十紀子《ときこ》の長男。でも会社は継いでいない。現在十紀子が会長を務める松濤貿易の社長には、誠一を長い間支えてきた有能な部下が就任した。稔は家を出て一人暮らしをしながら、介護福祉士として働いている。

「僕は前社長……父の愛人の子なんです」

十紀子が『気道楽』と言っていたように、誠一はかなり放埒《ほうらつ》な人物だったようだ。商人としての才気には溢れていたが、酒と女遊びが好きでよくモテた。稔の母親は誠一の火遊びの相手の一人らしい。

「実母は僕を生んだものの、もともと育てる気はなかったようです。手切れ金を要求した上、父に赤ん坊の僕を押し付けて姿をくらましたとか。その頃会社はようやく軌道に乗り始めたところで余裕はなかったはずです。でも奥様はお金を払い、僕を養子に迎えてくれました。……松濤夫妻には子どもがいなかったというのもあって」

「じゃあ跡取りとして？　でもお父上の会社は別の方が」

「ええ、僕は後継者ではないんです。実際今まで、一度も会社を継げと言われたことはないですし……。父が亡くなった時ですら『あなたは気にせず自分のことを考えていればいい』と言われただけで。でも奥様は僕のことを実子のように育てて下さいました。父が甘い人だったので躾《しつけ》や礼儀には厳しかったですが、本当に何一つ不自由なく。進路についても好きな道を選ばせてくれた。でもそれは、義務感からだったのだと思います」

稔がティーカップに手を伸ばす。いただきます、と断ってからぐい、と紅茶を飲んだ。

「『自分に降りかかってきた出来事は、自分で責任を持つ』が奥様の口癖です。僕が何か失敗した時にもよく言われました。奥様は直らない父の浮気癖も、僕の存在もその責任の一つだとお考えになったんだと思います。……ご自分にとても厳しい方なので」

稔のことがあってから誠一は商売に一層力を入れ会社を大きくしたが、それでも時々浮気をしては十紀子に家を追い出され、謝り倒して元の鞘《さや》に戻るを繰り返していた。判を押したように「もうしない」と謝る夫を、それでも十紀子はいつも許していたという。

——どんな気持ちか想像できないけど……強い人だなぁ。

すべて自分の責任と考え、その上夫の愛人の子どもを育てるなんて、並大抵の精神力の持ち主じゃない。丈夫でへこたれない、ツイード生地のような人だ。

「実子ではないということは知っていたんですか？」

飲み干したティーカップを静かに置いて、稔が智広の問いに「はい」と答える。

「小学生の時に奥様から。『あなたはわたしの子じゃないけれど、責任を持って育てますから』と。その時はよくわからなかったんですが、ある時松濤の親戚が、父がよその女に産ませた子どもだと話すのを聞いてしまって。子ども心に自分の存在は『何か悪いもの』なんだと思いました。とくに奥様にとって」

「だから稔さんは、松濤夫人を『お母さん』とは呼ばないんですね」

「……呼べませんよ」と稔がぎこちない笑みを浮かべた。

「僕の存在が、本当はどれだけ奥様の負担だったたか。それでも子どもに罪はないから、と面倒を見てくれた。何より奥様は父のことを心から愛していたんです。だから僕の存在も受け入れて、父と添い遂げることを選んだ。何度裏切られても――」

「ジャケットを継承する人間はいない、と夫人が言ったのは、あなたを本当は息子だと認めていないからだと？」

智広が一歩踏み込んだ質問をした。

「……そうでしょう。僕は望まれない子だった。僕に渡すなら、いっそなくなった方がいいと考えるのは当然です。でも最近様子がおかしいんです。突然父の物を整理し始めて」

しまいには、事業からも完全に手を引き、家も売って老人ホームに入ると言い出した。

十紀子は足が少々悪いので、時々稔は屋敷に顔を出して雑用を手伝っていたが、それも必要ないと言い始めたと零す。

「父は誘惑に弱くいいかげんなところはありましたが、帰るのは必ず奥様のところでした。心は通じ合っていたはずなんです。それに、あれだけは手放さないと思ったんです」

財布から取り出した写真を、稔が智広に渡す。

長椅子を離れ、エレナは智広の肩越しにその手元を覗き込んだ。

若い男性と、花柄のワンピースを着た華奢な女性が寄り添って写っている古い写真である。男性が着ているのはあの濃紺色のジャケットだった。

「若い頃の父と奥様だと思います。たぶん結婚前の。先日遺品整理をしていた時に見つけて。父は同じ服はあまり着ない人でしたが、このジャケットだけは奥様に定期的にクリーニングに出してくれと頼んでいたのを覚えています」

写真の誠一の顔は稔とそっくりである。でもそれより驚いたのは、若かりし頃の十紀子が写真の中では微笑んでいることだった。

——昔はこんなやさしい表情をする人だったんだ。

今の十紀子とは大違いだ。どうして、この笑顔を失《な》くしてしまったのだろう。そしてなぜ思い入れがあるはずの夫の形見に、かたくなに背を向けようとしているのだろう。

「悠木さん。先ほどの約束事が有効なら、お願いしたいことがあります」

稔が真剣な眼差しをエレナたちに向けた。

「奥様の説得を手伝って頂けませんか」

「飾りのないオーソドックスなワンピースでいいわ。出来るだけ急いでね」

翌週の月曜の午後、十紀子のカウンセリングと採寸のため、エレナは智広と織方と一緒に松濤邸を訪れていた。

軽く三十畳以上はありそうなリビングで十紀子は織方と打合せ中だ。大きなダイニングテーブルには、婦人服に合いそうな色とりどりの生地見本と、デザインを決めるためのスタイルブックが広げられている。

——説得して欲しいって、いったいどうすればいいんだろう？

首に掛けたメジャーを握りしめ、エレナは十紀子の隣に座る稔を見つめた。

ソファで一緒に待機している智広は、コーヒーを運んで来てくれたお手伝いの中年女性に笑顔でお礼を言っている。女性はうれしそうにはにかんで下がって行った。本当に年代問わずに効くキラキラスマイルである。

「……あの、悠木さん。どうするんですか？」

「どうするって？」

「息子さんに頼まれた件です。奥様を説得して欲しいって」

「ああ、あれね。ちょっと様子見、かな」

「よ、様子見？　どういうことですか？」

なんだか気のない返事だ。てっきり前のように十紀子にも話を聞くのかと思っていた。

「彼女は簡単に胸の内を話すタイプには見えないから。下手に機嫌を損ねてオーダーをキャンセルされても困るし。大事なお客様第一号だからね」

涼し気な顔で智広はコーヒーを味わっている。

確かに十紀子はランタナの営業再開後の最初の客だ。智広は織方と話し合い、「その都度、臨機応変に」新規オーダーも受ける対応に方針を変更した。

――どうしたんだろう……疲れてるのかな？

ここ数日智広は忙しそうにしている。店が再開してから、継承案件などの問い合わせや、アパレル系の雑誌やウエブメディアの取材依頼も何件か入っているからだろう。

でもなんだか様子が変だ。いつもの智広ならもっと乗り気なのに。

稔の話を聞いた後から、どことなく元気がないような――。

「おい、採寸を頼む」

織方に呼ばれたので「はいっ」と立ち上がり、エレナはテーブルへ飛んで行った。

十紀子のオーダーは織方が担当し、エレナはアシスタントを務める。智広は接客を心配して付いてきているが、初回から十紀子は織方の強面にもとくに動じなかった。おかげでカウンセリングはつつがなく終わったようだ。

立ち上がってもらい肩や胸囲、ウエストなどを細かく計りシートに書き込む。織方の目もあるので集中していると、ふいに十紀子が口を開いた。

「主人に昔言われたことがあったわ。御婦人方を虜《とりこ》にするドレスメーカーがいるから、お前も一着仕立てたらどうだって。貴女、その方のお孫さんなんですってね」

「あ、は、はい……まだ見習いですけど」

「おばあ様もお喜びでしょうね。頑張りなさいな」

「あ、ありがとうございます……」

意外にも温《ぬく》もりのある言葉に面食らいつつ、エレナは作業を続けた。

稔は側で十紀子のお茶を入れ替えたり、陽差しを気にして窓のレースカーテンを閉めたりとかいがいしく動いている。まめな性分のようだ。

「そうだわ。そういえばこの間お渡ししたものは処分して頂けたのかしら」

ギクリ、としてエレナは手が止まりそうになった。

「いいえ、まだ当店で大切にお預かりしていますよ。奥様がお心変わりをされる場合もあるかな、と思いまして」

答えたのは、ソファにいる智広だ。十紀子が細い眉をひそめた。

「心変わり？　ありませんよ。だからさっさと」

「あ、あの！　僕が——処分は待って欲しいと言ったんです」

稔が声を挟んだ。

彼は嘘がつけない性格のようだ。言ってしまって大丈夫なのだろうか。エレナはソワソワし始めた。十紀子が心底呆れたようにため息を吐く。

「どうしてそんな勝手なことを？　わたしがいいと言ったんですよ」

「奥様と社長の思い出の品じゃないですか。写真を見つけたんです、お二人で写っている――本当に手放して後悔しませんか？」

「貴方には関係ないでしょう」

しん、とリビングに沈黙が響いた。

――そ、そんな言い方……。

重い空気に、ソワソワがハラハラに変わる。

稔が顔色をなくす。何か言わないと――でも立ち尽くすので精いっぱいだ。織方がチラリと智広を見たが、智広は黙っている。

「言ったでしょう、稔さん。貴方は自分のことだけ考えていればいいと。そろそろ仕事にお戻りなさい。わざわざ抜け出してきたんでしょう？」

稔の着ているポロシャツとチノパンは職場のユニフォームらしい。胸に勤め先の福祉施設のロゴがある。

「今後はそういう気遣いも必要ないわ。貴方の助けがなくともわたしは平気ですから」

無情なほど淡々とした声だった。十紀子に背を向けられて稔が俯く。

「……わかりました。余計なことを言って申し訳ありません」

謝罪の言葉だけを置き、稔はその場を立ち去った。

「み、稔さん、あの……！」

玄関を出ようとしていた稔をエレナは呼び止めた。

とっさに追いかけてきてしまった。でも飛び出してきたはいいが何も考えていなかったので「あの、その」と詰まる。

「すみません、情けないところを見せてしまって」

ドアに掛けていた手を離し、稔がぎこちない笑みを見せた。

――なんでこの人が謝るの……。

ひどいことを言われたのは彼の方なのに。『何か悪いもの』――自分のことをそう言った先日の稔の姿と重なる。

「……本当の親子なら心を開いてもらえるのに。やっぱり、迷惑でしかないんですかね」

打ちひしがれたような声で稔が呟いた。

「……わかりません。私、両親いなくて、祖母に育てられたので」

スカートの裾をエレナは握りしめた。

祖母がたくさん愛情を注いでくれたから、母がいなくても父を知らなくても寂しくはなかったけれど、親子の間の葛藤がどういうものかはわからない。それでも『違和感』を感じ取ることは出来る。

「でも、奥様があんな風に強く言うのには、理由があるんじゃないかと思います」

十紀子の態度は稔を疎《うと》んでいるように見えた。遠ざけようとしているように見えた。でも、見かけだけではわからないこともある。

『生地の良し悪しは、見た目や手触りだけじゃないの。美点というのは謎々みたいに隠れている時もある』

人も同じ、と祖母は言った。まだ十紀子のシームポケットは見えない。あれが本音かもわからない。ここで終わらせてはいけない気がする。

「あの、奥様の様子がおかしくなったのはいつ頃からですか？　何かきっかけとかは」

「一番は父が亡くなったことだと思いますが……。後は僕の恋人を紹介したくらいで」

「恋人……」

「はい、父の葬儀の時に彼女が来てくれたんです。後日改めて奥様には紹介しようと思って、先月一度連れて来ました」

彼女は稔が時々仕事帰りに寄るブックカフェの店員で、付き合って半年ほど。稔の事情をすべて理解した上で、一緒にいたいと言ってくれた女性だという。

「その時の奥様はどんな……？」

「普段と変わらない様子でしたが。でもその後眩暈を起こして病院に。検査結果は何事もなかったんですが……そのあたりから急に家の整理をすると言い始めたような」

「じゃあ……稔さんの彼女さんがきっかけ……？」

そう見当をつけてみるが、何も思い浮かばない。稔も「まさか」と否定した。

「いいんですよ。『息子』になれないことはわかっていますから。──あの、やはりこの前お願いしたことは取り消してもいいでしょうか」

「え？」

「僕がしようとしていることは、奥様を苦しめるだけなのかもしれない……」

もう一度「すみません」と項垂《うなだ》れるように頭を下げ、稔は玄関を出て行った。

稔は何もかも自分のせいだと考えている。そして諦めている。これが自分の人生だから仕方ない、と。

「──ネルちゃん」

せつなさにキュ、と痛む胸を押さえていると、智広と織方が姿を見せた。

「終わったから帰るよ」

「え？　え？」

智広は靴を履いてさっさとその場を後にする。「とりあえず行くぞ」と織方に急《せ》かされ、エレナもあたふたと外に出て智広の車に乗った。

「稔さん、奥様を説得するのをやめたいって言うんです」

松濤邸から店に戻る途中車内で稔の話をすると、運転席の智広は「そっか。わかった」とあっさり承諾した。

「え……それだけ、ですか？」

「うん。だって本人がそう言ったんでしょ？　ならどうしようもないよ」

ミラー越しに後部座席のエレナを一瞥して、智広は前を向く。

——どうして……そんな冷たいこと言うの？

にべもない返事にエレナは困惑した。この温度差は何なのだろう。

「智広、さっきなんであの息子をフォローしてやらなかった？　お前乗り気だったろ」

助手席に乗っている織方の問いにも「べつに」と智広は低温気味だ。

「ない方がいい思い出もあるな、と思ってさ」

「な、なんですかそれ……！」

後部座席から体を浮かせ、エレナは運転席の背もたれを両手で摑んだ。

「松濤夫人が忘れたいなら、そうさせてあげるべきかもと思ったんだよ。思い出は幸せなものばかりじゃない」

「じゃあ本当に捨てるっていうんですか？　でもそんなことしたら稔さんは」

どうなるの——。辛い気持ちを引きずったまま、この先生きていくのか。そんなのは悲しい。終わらない夜を彷徨うのは、とても怖いことだ。

「稔さん、本当はちゃんと『息子』になりたいんだと思います。あのジャケットを受け継いで……。それに、奥様は何か隠してるんじゃないかと思うんです」

「夫人が継承させる気がないのは見たくないからだよ。あれを着たら稔さんとご主人は本当に瓜《うり》二つだ。彼女にとっては辛い日々を映す鏡になる。彼女の気持ちは明白だよ」

「そんなことない。だっておばあちゃんはいつも——」

「おばあちゃん——君はなんでもおばあちゃんだね」

智広が皮肉めいた口調になる。

「エレノアさんが君にとって人生のお手本で、誰より信じられる存在でも、その言葉が全部正しいとは限らない。君は思い出に囚われすぎだよ。もうちょっと自分で考えたら？」

「な——考えてます、私だって一生懸命……！　な、なんなんですか。ポケットを探そうって言ったの悠木さんなのに、どうでもいいみたいな言い方……！　ひどいです」

「おい智広、言いすぎだ。何イラついてんだ」

見かねて織方が割って入ってくる。

「孫娘、お前も少し落ち着け。コイツには後で言っとくからよ。戻ったら今日はお前はもう帰れ。本社への在庫生地の問い合わせは俺がしとく」

——やっぱり、いい加減な人……！

前を向く智広の表情はわからない。その心の中も。

座席に再び体を沈め、エレナは「はい」としぶしぶ頷いた。


その後気まずい空気のまま北千住へ到着した。

——ヤケ酒したい気分てこんな感じなのかな……。

車を駐めた月極駐車場から店への道を、エレナは二人の後ろからとぼとぼ歩いた。

盛大に絡まった糸玉になったような感じ。なんだかイライラする。

車内では織方がつけたカーラジオが程よく沈黙を埋めてくれたけれど、あの後智広は一言も話さなかった。エレナも織方に渡された十紀子のカウンセリングシートに目を通しながら黙って過ごしたが、頭に入らなかった。

今日は言われた通り荷物を取ってすぐ帰ろう。お酒は飲めないけど、冷蔵庫に庭のハーブで作った祖母直伝のコーディアルシロップがある。簡単なので毎年作っているのだ。それをソーダで割ろう。後は熱いお風呂とダーニングがあればきっと大丈夫。

「――ん？　おかしいな。閉めたはずなんだが」

「まさか空き巣とかじゃないよね」

遅れて店の前へ辿り着くと、ドアの前で織方と智広が立ち止まっていた。

鍵穴を確かめ、智広がドアノブに手を伸ばす。するといきなり中からドアが開いた。

「――なんだ、ようやくお帰りか」

中から現れたのは見たことのない二人の男性である。

一人はダークブラウンのスーツをアンタイドで着流した、がっしりとした風格のある男。年は三十代半ばくらいだろう。そしてもう一人は少し年下に見える、ガラシャツにジャケットを着た遊び人風の痩身の男。

吊《つ》り目で神経質そうな顔立ちがよく似ているので、おそらく血縁者だろう。

「壱哉《いちや》さん、瑶二《ようじ》さん。お二人でしたか」

織方が畏まった様子で男たちに向かって頭を下げた。

「やあ、織方さん」

「久しぶりですね、元気そうだ」

二人が親しげに織方に声をかける。智広が、そんな二人を睨むように見上げた。

「いったいどうやって中に入ったんですか？　——広瀬《ひろせ》社長、瑶二さん」

——社長？

一人蚊張の外で、エレナはクエスチョンマークを空に飛ばした。

「社にあったスペアキーだよ。店を再開したというんで、様子を見に来てやったんだ」

スーツの男が居丈高《いたけだか》に言い放つ。

「随分義理堅いじゃないか、智広。この店もれっきとしたフィロストファの傘下だ。なのに、社長である壱哉兄さんに何の報告も寄越《よこ》さないなんて」

ガラシャツ男の薄笑いにも悪意が透《す》けて見える。明らかに見下した態度だ。

「すみません、忙しかったもので。でも泥棒のような真似はやめて頂きたいな」

満面の華やかな微笑みで智広が嫌味返しをする。

「あ、あの……織方さん。あれって……」

三人を包む空気に不穏なものを感じて、エレナはこっそりと後ろから織方を呼んだ。

「ああ……二人は智広の義理の兄貴で本社——フィロストファの現社長で長男の広瀬壱哉と、自社ブランドのデザイナーを務める次男坊の瑶二だ。うちの店はそこの注文服部門の直営店でもある。まあ部門といっても独立採算制で形だけだがな」

壱哉が代表を務めるアパレル会社は、株式会社フィロストファというらしい。注文服はランタナのために作られた部門だが、事業展開も管理も引き継いだ智広に一任されており、子会社のようなものだという。

智広には腹違いの兄がいるという話をエレナは思い出す。そう、フクザツナカテイジジョウ、というやつだ。

「広瀬……？　悠木じゃないんですか？」

「悠木はな、智広のお袋さんの姓だ。もう亡くなったがな。あの二人はオヤジの本妻の子でな——まあ、あいつも松濤のお家事情同様、生い立ちがちと複雑でよ」

織方がため息まじりにこめかみを掻いた時、瑶二が「はあ？」と苛立った声を上げた。

「泥棒はお前の方だろうが。涼しい顔して横から掠《かす》め取りやがって」

「こんな往来でやめましょう。話があるなら中でお願いしますよ」

織方が間に入りに行くと、智広に伸ばそうとした手をパンツのポケットに突っ込み、瑶二はフンと鼻を鳴らした。

「話なんてない。盗まれたものがないか確認しに来ただけだ。この店には親父の愛蔵品が多く残ってるからな。定期巡回だよ」

「熱心ですね。古臭くて非効率な注文服専門店なんて興味がないと言っていたのに。大丈夫ですよ、その親父の遺言で引き継いだオレがちゃんと守っていますから」

「てめえ――」

再び短気を起こそうとした瑶二を織方が「まあまあ」と止める。悠々とした笑顔のまま智広は続ける。

「話がないなら帰ってもらえますか。こちらは大忙しなんですよ。ごっそりスタッフを持っていかれてしまったせいでね」

「なんだ、俺たちの嫌がらせだっていうのか？」

入り口を塞ぐように立つ壱哉が、不敵に口角を上げた。

「言いがかりだな。全員希望して移籍したんだ。元ホストの無能な三代目の下でなんぞ働く気にならん、てな。それに新しく従業員を雇ったって聞いたぞ。その子か？」

――ヒッ……！

一人所在なく佇んでいたエレナに、視線が向かってくる。「女？」と瑶二が眉を顰《ひそ》めた。

怖い。まるで毒蛇に睨まれているみたいだ。その威圧感に体が竦んで動けなくなっていると、遮るように智広が前に立った。

「嫌がらせに来たんじゃないとしたら、再開店祝いに例の頼みを聞いてくれるとか？」

「ああ、縫製の委託の件か。残念だが工場の負荷が高くてな。死に筋に割《さ》く余裕がない」

「ちぇ、ダメか。なら、他の外注先を紹介して頂くのでもいいんですが」

「勘違いするな」

壱哉の声に嫌悪感が滲んだ。

「俺はお前を認めてはいない。弟としても、親父の後継者としてもな。馴れ合いは期待するな。遺言で仕方なかったとはいえ、この店は俺の会社の持ち物だ。傷をつけるような真似をしたらただじゃおかない。親父を誑《たぶら》かしたその母親譲りの顔で何百人たらしこんだか知らんが、ここでは通用しない。痛い目に遭いたくないなら、おりこうにしとけ」

背筋にヒヤリと冷たいものを感じてエレナは息をのんだ。智広の背中を見つめる。

「織方さん、あなたも身の振り方をもう一度考えた方がいい。親父同様、俺もあなたの腕は買っているんです。うちの縫製部門のマネージャーなんてどうです？　歓迎しますよ」

ドアから離れ、壱哉がポーチを下りる。

「……お誘いはありがたいですが、私はここの番犬で十分満足ですんで」

「そうですか。でも気が変わったらいつでも連絡を。行くぞ、瑶二」

織方に軽く礼をし、壱哉が顎で弟を促した。二人は商店街の方へ去っていく。

「ごめんね、もう大丈夫だから」

振り返った智広にポン、と頭を撫でられる。

でも庇《かば》ってくれたお礼も、他の言葉もエレナはかけられなかった。

智広の表情は明るい。なのにその瞳の奥は洞穴のように昏《くら》くて――何も映っていなかったからだ。


――これでよし、と。

サイドポニーテールにしたナナのオレンジブラウンの髪に楕円形のバレッタを留め、エレナは「出来ました」と告げた。

「お、いいじゃん、すげーカワイイ！　これほんとにうちのオカンのお古？」

カウンターの置き型ミラーを覗き込んだナナが、アイメイクした目をおお、と瞠る。

「は、はい。お預かりしたイヤリングとネックレスのビジューに、パールやラインストーンを足して刺繍してみました……ナナさんキラキラしたの好きみたいだから」

「好き好き、こういうの！　めっちゃ気に入った」

――よかった……喜んでもらえた。

ずっとドキドキしていた胸をエレナはほっと撫で下ろした。

リメイクしたのは数日前にナナに持ってきてもらった、母親のお古のアクセサリーだ。

その中にあったフェルト生地のバレッタを、他のアクセサリーを材料にアレンジした。

「ネル子は変人だけど、センスはあるよなー。マジ、超ありがとう」

「この間のネイルのお礼です。あの、すっごくお似合いです！　本日の合コン、きっと殿方は全員ナナさんに釘づけになるかと……！」

両手を握りしめ、力いっぱいエレナは頷く。

いつもスカジャンのナナは、今日は黒のシフォンブラウスに白のミニタイトスカートとシックな装いだ。今夜の飲み会は銀座で開かれるため、イメチェンして臨むという。

同世代の女の子に何かをプレゼントするのは初めてだけど、作ってよかった。

誰かの顔を思い浮かべながらのお裁縫は、とても楽しかった。こうしてうれしそうな顔を見ると、さらに気持ちが舞い上がる。

「おい、そろそろ行くぞ。準備しろ」

奥のドアから織方が一瞬顔を覗かせた。ピンと背を伸ばし「はいっ」と返事する。

「あ、これから例の未亡人のとこ行くんだっけ」

「はい、松濤様の二回目の仮縫いが三時からで」

九月は終わり、壁のカレンダーは十日ほど前に十月に変わった。

一回目の仮縫いは試作用の生地で作る仮縫い《トワル》服でイメージやサイズを確認したが、今日は本番用のパーツを縫い合わせた服でフィッティングを行う。

十紀子に依頼されたのは淡いベージュのシルク地のワンピースだ。Aラインのシンプルな形で袖はゆったりとしたベルスリーブ。一部の縫製はエレナも手伝った。

一生愛してもらう一着にこだわるランタナでは仮縫いは二回以上行うが、今回は短納期のため今日が最終チェック。後は微調整して仕上げる予定だ。

「わざわざ店閉めて行くのか？　トモは？」

「ええと……しばらく自宅で仕事するって、あまり店には来ていなくて。連絡事項は店のパソコンメールでやりとりを」

義理の兄たちと遭遇した日以来、『少しの間、一人で集中したい』と智広は急に在宅ワークに切り替えた。ランタナは予約制なので、店の電話はすべて智広の携帯に転送されるようになっている。接客が必要な時は顔を出すが、それ以外は必要に応じて電話やメールが来る感じだ。

「なんかあった？　落ち込むと一人になりたがるんだよね、アイツ」

赤いグロスを唇につけて、ナナがミラーでメイクの仕上がりの確認をする。

――ナナさんと悠木さんは幼なじみなんだっけ。ならお義兄さんのことも……。

あの時に見た智広のがらんどうのような目がずっと頭の中にこびりついている。少し逡巡《しゅんじゅん》してから、思い切ってエレナは切り出した。

「実は二週間前、悠木さんのお義兄さんたちが店に来たんです」

「ああ……広瀬の？　そっか、なるほどね」

ナナが納得したように頷く。やはり事情は知っているようだ。

「キツいこと言われたんだろ。あの人たち、トモを目の敵《かたき》にしてるみたいだから」

「ひどかったです。泥棒、とか。でも悠木さんは先代の遺言でお店を継いだんですよね？」

だから正当な後継者のはず。でも壱哉は「認めない」と言った。

「トモのかーちゃんのことって聞いてる？」

「いえ……でも前に、中学生の時にお母さんが愛人だと知ったとだけ聞きました」

世間話のような口調だったし、その後色々とあったのですっかり忘れていたけれど。先日の一件で思い出したのだ。

「アイツのかーちゃん、元ホステスでさ。で、客だった親父さんと出会ってトモが出来た。ガキの頃はトモ、かーちゃんとこの近くに住んでたんだ。親父さんが面倒みてたみたい。店にも時々遊びに来てたからよくつるんでてさ。でも中学の時におばさん病気で死んじゃって……親父さんはトモを引き取ろうとして、家族と揉めたらしい」

智広の父親は政略結婚で、元々妻とは良好な関係ではなかったらしい。父親は離婚も考えたというが、智広の母は日陰の立場を自ら受け入れたそうだ。妻の父は会社の大株主で、少なからず影響を及ぼす可能性があったし、世間体から妻も離婚を良しとしなかった。

「結局トモは自分で施設に入ることを選んで、親父さんとの関係は断絶したみたい。そのへんのことはよく知らないんだ。二年前くらいに偶然歌舞伎町に遊びに行った時に再会するまで、音沙汰無かったから。織方は時々会ってたみたいだけどな」

——だから、お義兄さんたちは悠木さんを嫌うんだ。……あれ？

ふいに気づく。稔のことだ。稔も父親と別の女性の間に出来た子である。

二人には似通ったところがある。じゃあ智広の様子がおかしかったのは——。

「親父さんがすごく大事にしてた店をトモに遺したから、広瀬の人間は気に入らないんだよ。トモもなんで相続したんだか。親父さんのこと嫌ってたのにな——」

マスカラやコンパクトをナナが大きなポーチにしまっていると、奥のドアが開いた。荷物を抱えてアトリエから織方が出て来る。

「いつまでダべってんだ、行くぞ。まだいるならナナ、お前が戸締まりしとけ」

「いいよ、まだ時間あるし。鍵はアンバーのオヤジに預けとく。あ、織方、今夜十一時に狩場集合な。寝落ちんじゃねーぞ」

「わかったよ」とヒラヒラと手を振り、織方が先に出て行く。

「じゃあサンキューな、ネル子。今度またネイルやってやるよ」

「は、はい！　あの、ナナさん、が、がんばって……！」

精一杯のエールをナナに送り、エレナはカウンターの椅子から裁縫道具のバスケットを取って、織方の後を追った。


松濤邸には織方の車で向かうことになった。

長い間愛用しているという緑のローバー・ミニは、古くて小さいので荷物を積んで二人乗ればいっぱいだ。時々ガタガタと不穏な音を立てたり、大きく揺れたりする。

「ナナと何話してたんだ？　智広のことか」

全開にした窓の縁に片腕を置きながら、織方はくわえタバコでハンドルを切っている。

「……ちょっとだけ悠木さんのおうちのことを聞きました。悠木さん、大丈夫ですかね」

隣の助手席でエレナはバスケットをぎゅっと抱えた。

「まあ大丈夫だろ、少しほっといてやればじきに戻ってくるよ」

「あの、悠木さんが今回の依頼に乗り気じゃなくなったのって、稔さんと境遇が似てるからですか？　その、自分も……愛人の子だから」

ナナの話を聞いてその可能性に行き着いた。

「……アイツはよ、ノー天気そうに見えて、そうでもねえんだ。息子が抱える葛藤も、奥さんが隠してる辛い部分もわかるから、今回は踏み込むのを迷ったんだろ。感情を乱すのは珍しいんだがな。お前さんにキツく当たったのも、悪いが責めないでやってくれ」

「それはいいんですけど……。緒方さんは悠木さんのこと、すごく理解されてるんですね」

「智広がガキの頃から知ってるからな。悪知恵の働くいたずら小僧でよ。何度怒鳴り散らしたか。まあ、年の離れた弟みたいなもんだ」

緒方の邪魔をして叱られる図が目に浮かぶ。だから二人は気の置けない間柄なのだ。

「じゃあ……ご両親のことも、もちろん知ってたんですよね？」

「知ってたよ。でも見ないふりをしてた。智広と智広の母親といる時のオヤジは、何より幸せそうだったからな」

もう間もなく到着というところで、車が信号で止まる。ガタン、と車体が揺れて、エレナはとっさにシートベルトを摑んだ。

「悠木さん、なぜお店を相続したんでしょう？　悠木さんの先輩が言ってました。お父さんへの反抗でホストになったって。ナナさんからも、お父さんを嫌ってるって聞いたし

……」

「さあ、アイツは誰にも本音や弱みを見せねえからな」

灰皿でタバコを消し、織方が最後の煙を吐いた。

「要領がよくて人当たりもいいが、誰にも寄りかからねえ。必要以上に他人と関わらねえし、関わらせない」

「……そういうの、ちょっとわかる気がします」

また裏切られるのが怖い、からだ。

智広のポケットの中身が、少しずつ見えてくる。今までの言動や態度の裏側に隠れているもの——そしてあの昏い眼差しの中にあるものが。

「でも、最近は少し変わってきたように見えたんだがな。お前さんが来てから」

「へっ、私⁉　ま、まさか。私はずっと引きこもりの、暗くてジメジメしたきのこのような人間ですよ……？」

「はは、いい喩えだな！　でもそのきのこがどうしてお天道さんの下に出てきたんだ？　何か変えたいことがあったからじゃねえのか。智広も、そういうのがあんのかもな」

——変えたいこと……か。……そうかもしれない。

祖母の手仕事が見たかったからとか、お金のためとか、それらしい理由はあるけれど。

この世で一番居心地がいい場所だと思っていた家の外に今自分はいる。

――悠木さんは、何を変えたいんだろう。

ランタナは父親の店。智広にとっては遠ざけたい場所ではないのだろうか。ただの気まぐれだけが理由だろうか。

「そういえば、松濤の旦那の型紙が倉庫で見つかったぞ」

織方が思い出したように言った。

「あのノーフォークはプロポーズ用だったらしい。オヤジがやりとりを書いてたよ。シャレたレストランで花束と指輪を渡して、会員制クラブでダンスに誘う。キザ男だな」

「プロポーズ用……」

ジャケットを初めて手に取った時、あの時、何か特別な感じがしたのを覚えている。

胸が疼《うず》いた。あるべき場所へ、誰かの元へ帰してあげなきゃ、と。

「織方さん。私やっぱり、あのジャケットを救いたいです」

信号が青に変わる。

「言うと思ったよ。だが救うってどうすんだ」

「奥様に話を聞きます。掛け違ったボタンは直さないと。お節介かもしれないけど」

「息子と奥さんの仲を取り持つっていうのか？　勝算はあんのか」

「わかりません。でも、や、やってみなくちゃわからない、です！」

鼻息荒くエレナは意気込んだ。車を発進させた織方が「はは！」と声を立てた。

「智広みてえなこと言いやがって」

「はっ、確かに！　ダメですよね、こんな行き当たりばったりじゃ。し、失敗したらオーダー取り消されちゃうかも……！」

「そのへんはホレ、智広がナントカ営業で対処するだろ。そういう心意気は嫌いじゃねえぜ。まあやってみりゃいい。ただし、一人で突っ走るなよ。俺たちの目の届く範囲でだ」

「は、はい。ありがとうございます……！」

すごく大胆なことを言ってしまったかもしれない。でも自分の意志で紡いだ言葉だ。出来ることをとにかくやるのみ、だ。

松濤邸に到着する。荷物を下ろして玄関へ向かい、織方がインターホンを押す。すぐに何やらバタバタと慌ただしい音がして、勢いよくドアが開いた。

「あ、あの、お、奥様が……！」

先日のお手伝いさんだ。真っ青な顔をしている。

一緒にリビングに駆け込むと、リビングのソファで十紀子が蹲《うずくま》っていた。

織方が真っ先に駆け寄り「救急車！」と叫んだ。十紀子は胸のあたりを押さえている。

「ま、待って……大丈夫、薬はありますから」

血の気の引いた細面を上げ、十紀子が織方のシャツの袖を摑んだ。

「肩を貸して下さる？　少し横になりたいわ」

しばらくソファに横になって休んだのち、十紀子は落ち着きを取り戻した。

「連絡しなくていいと言ったのに。ちょっと動悸がしただけで、たいしたことないのよ」

十紀子がチラリと見たのは、リビングの隅で電話中のお手伝いさんだ。

「そういうわけにはいかないでしょう。病院に行かないなら、せめて家族に伝えないと」

織方が呆れたように言う。彼が稔に連絡して欲しいと頼んだのである。

「あの、お水どうぞ……」

エレナはミネラルウォーターを注いだグラスを十紀子に渡した。

十紀子の顔色は確かに良くなって、呼吸も元通りだ。でもさっきは顔色が真っ青だった。

「……奥さん。もしかして心臓が悪いんですか。このことは稔さんはご存じで？」

エレナがテーブルに置いたトレーから薬袋を手に取り、織方が眉を顰めた。

「し、心臓……？」

十紀子と織方をエレナは見比べる。前に十紀子が眩暈を起こして検査したと稔は言っていた。でも異常はなかったという話だ。

「身内が心筋梗塞で亡くなりましてね。似たような薬を飲んでいたことがあったんですよ。最初は心臓の弁膜症と診断された。大動脈の弁が硬くなって心臓の機能が落ち体に血液を送りにくくなる病気だ。長い間無症状で進行する場合もあるが、眩暈や息切れ、胸の痛みといった症状が出る。年のせいだと見逃して重症化すれば、突然死を招くこともある」

身内というのはきっと智広の父親のことだ。心臓の病で急死したと聞いた覚えがある。

水を一口飲んで「ありがとう」とエレナにグラスを返すと、十紀子が観念したように口を開いた。

「……わたしは軽度だから、まだ経過観察でいいそうよ。あの子には伝えていないわ」

「ど、どうしてですか？　そんな大事なこと。だってもし大きな発作が出たら」

「――これ以上、負担は必要ないわ。あの子は苦しむことが多すぎた」

十紀子が静かに小さく息をついた。

「もしかして、奥様がジャケットを捨てようとしたのは、稔さんを憎んでいるからじゃなくて負担になると思ったから……？」

ふいにエレナの中に流れ星のような閃《ひらめ》きがすっ、と飛び込んで来た。

小さな光が教えてくれる。探し物は、ほらここにある――と。

「憎む？」と十紀子が聞き返す。

「すみません。私たち、稔さんから、奥様との関係を聞いて……。稔さんは自分が奥様を苦しめる『悪いもの』だって言ってました。奥様がジャケットの継承者がいないと言ったのも、自分が本当の子じゃない、からだと」

「あの子がそんなことを？」かすかに、十紀子の双眸《そうぼう》に揺らぎが走る。

「バカな子ね。余計なことは考えなくていいと言ってきたのに――。うまく伝わらないわね。昔からそう、わたしはあの子を傷つけることしか出来ない。この間だって」

十紀子が額を押さえて俯いたので「だ、大丈夫ですか？」とエレナは慌てた。胸をゆっくりと上下させて呼吸を整えた後、十紀子が「大丈夫よ」と顔を上げる。

「……あの子はずっとわたしの顔色を窺ってきたわ。実子ではないと話してからよ。それからは本当の父親である主人にさえ遠慮して、わがままも言わず、どこか他人行儀になった。いつの頃からか、わたしを『奥様』なんて呼ぶようになって」

「どうして稔さんに話したんですか？　稔さんのことが……愛せなかったから？」

「ふふ、そう思われても当然よね。……ただ、ちゃんと向き合いたかっただけよ。隠しごとがあるままじゃ親子にはなれない気がしたの。でも失敗だった。あの時わたしは母親になる資格を失ってしまったのね」

――そっか……。この人は、稔さんと家族になりたかったんだ。

でもすれ違ったまま時が止まってしまった。不器用な人なのだ。

「あの子が自分の生い立ちに苦しんでいるのは知っていたわ。だから松濤の名前に縛りつけないように、責任を押しつけないようにしなければならないと思った」

「稔さんを会社の後継者にしなかったのも、旦那様のものを整理したのもそれが理由なんですね？　でもあのジャケット、旦那様が奥様にプロポーズした時のものでしょう？」

「あら、そんなことまで知っているの？　――そうね、思い出がないと言ったら嘘になるわ。あの人とは色々あったけど、鏡を見ているように同じことばかり考えている時もあった。何度も裏切られて、陰で泣いたのにね。……あの服を着たあの人と一緒に踊った夜のことは、今でも覚えているわ」

夕暮れの滲む窓の外を見つめ、十紀子が懐かしそうに微笑した。

「ただね、松濤が亡くなってわたしも今後はどうなるかわからないと知った時、いい時期だと思ったの。稔にはもう側にいてくれるパートナーもいる。貴女たちには本当に失礼なお願いをしたけど、もうあの子を解放してあげたいの、この家から、わたしから。幸せになるのに、余計な荷物はない方がいいわ」

――それで全部捨てるの？　自分のことも？

突き放すことでしか表現できないその不器用な優しさが、たまらなく悲しくて胸が張り裂けそうになる。

冷たくなんてない。あの写真の十紀子が、エレナを温かく励ましてくれたのが本物の十紀子だ。菫や百合の時と同じ――こんなに近くにいるのに、二人の距離は遠すぎる。

「奥さん、うちにオーダーした服は、もしかして死装束か？」

今まで丁寧だった織方の口調がいつもの調子に戻った。問いつめるような響きにエレナはひやっとしたが、すぐに「え？」と目を見開く。

「ふふ。せめて最期くらいはきれいに着飾ろうかと思って」

十紀子が枕にしていたクッションから頭を上げた時、リビングのドアが開いて「奥様！」と稔が飛び込んで来た。一目散にソファに駆け寄り、十紀子の前に膝をつく。

「さっき電話で聞いて――どうして嘘をついたんですか、なんともないなんて！」

――死装束？

人生の終わりは華やかにしめくくりたい。そう願い旅立つ衣装――エンディングドレスを生前のうちに準備する人もいる。

だから十紀子は納期を急いだ？　もしかして治療をする気がないから？

「――稔さん。すみませんが、これから一緒に来てくれませんか。織方さんも」

そんなのはだめだ。

稔が「え?」と顔を上げる。その腕を摑み、エレナはリビングから連れ出した。

稔を連れてランタナに戻ると、店内には明かりが灯っていた。

まだナナがいるのかと思いドアを開けたが、中にいたのは智広だった。カウンターテーブルの上に、よく焼けた大きな丸いタルトを並べている。なんと四つもある。

「おい、孫娘ちゃんと説明しろ。お前何する気で——て、智広何してんだ」

エレナが名前を呼ぶ前に、後から入って来た織方が目を眇《すが》めた。

「え、明日から店出るからその準備に。やっと納得のいくペイストリーが出来たからさ」

「ぺ、ペイストリー?」

「そ。この前焼いたボーダー・タルト、どうもイマイチだったから、これじゃゲストに失礼だよなって悩んでて。やっと完璧なタルト生地が完成したんだ。でも作りすぎちゃってさ。ヒマそうな知り合いでも呼んで、味見してもらおうかと思ってたとこ」

「え……じゃあ、二週間来なかったのって……タルト焼くためなんですか?」

まさかと思いながらエレナが尋ねると、智広がすんなり「うん」と言う。

「お義兄さんたちとの軋轢《あつれき》に悩んで傷心を引きずっていたんじゃ」

「え? ああ——確かにすっげームカついて、無性にお菓子作りたくなったっていうのもあるけど。まあいつものことだから大丈夫……あ、ネルちゃんもしかして心配してくれた？　ごめんね。お詫《わ》びに一番よく焼けたやつ切ってあげるから」

　――心配……して損した……‼

　ぷるぷるとエレナは震えた。次に会ったらなんて声をかけよう、とか謝らなきゃ、とか真剣に考えていたのに。その爽やか弾ける笑顔に、ありったけのマチ針を突き刺したい。

「言ったろ、ほっとけば戻ってくるって。コイツはこういうヤツだ、覚えとけ」

　織方のアドバイスがひどく身に染みる。でも今はそれどころではない。

「悠木さん、じゃあ平気なんですね？　もう元気なんですね？」

「うん、まあ……ネルちゃん、何かスイッチ入ってる？　って、なんで稔さんがいるの？」

　入り口で立ち止まっている稔に気づき、智広が目を丸くする。

「例のジャケットを稔さん用にお直しするんです」

「はあ？　あのさ、この前言ったよね。その件は深入りすべきじゃないって」

「いえ、今回は悠木さんの見立ては間違いです。奥様は稔さんを大切に思っています」

　きっぱりとエレナは断言する。智広が不服そうな声を出す。

「そうだとしても、部外者が無遠慮に首を突っ込むのは反対だよ。家族の問題はそんなに易《やさ》しいことじゃない」

「自分と重なるからですか？」

智広の表情が一瞬だけ固まったのを、エレナは見逃さなかった。

「……知ってます。裏切られて、傷ついた記憶からはそう簡単に逃げられないって」

服に穴があいたら縢《かが》ればいい。アイロンで馴染ませてしまえば、傷は目立たなくなる。でも心は取り出して補修が出来ない。

「でも、もし一歩踏み出そうと決めたなら、歩き出してみませんか。……私も、行くので」

智広の手を取り、一度だけ両手できゅ、と握って放した。それから身を翻し、入り口にいる稔のところへ向かう。

「あの……どうして僕をここへ？　奥様を残したままで、何かあったら――」

稔はひどくうろたえている。説明もなしに拉致《らち》してきたのだから当然の反応だ。

「お手伝いさんにきちんと連絡を入れます。なのでお時間を下さい。稔さん、お父様のジャケットを受け継いで下さい。そして奥様にプロポーズしましょう」

「は……？　プロポーズ？」

「はい、本当の親子になるために。稔さんもそれを望んでいますよね？　奥様も同じです。

責任とか義務じゃなく、本心から」

十紀子との一連の会話をエレナは稔に伝えた。いつもならこれは智広の役目。でも今日は自分が果たす番だ。説明は苦手だし下手くそだけど、でも全部届けなければ。

「奥様がそんなことを……？　でもそれが本当なら、やはり僕は奥様を不幸にするものだ。僕がしてきたことは彼女を傷つけることだった。今さら自分の気持ちなんて話せない」

驚きと戸惑いが交錯する稔の相貌を翳りが覆う。

「今だから言うんだよ」

その時、いつの間にかアトリエに行っていたらしい織方が何かを担いで戻って来た。よっ、と絨毯の上に降ろしたのは、ツイードジャケットを着たトルソーだ。

「たぶん奥さんは自分から本音を明かすことはない。墓場まで持ってく覚悟だ。だからあんたが言ってやるしかねえ。心臓の病は難しい。治療は出来るが、症状が現れると何が起こるかわからん。後悔しねえよう、今を大事にしろ。一緒にいてやりたいと思ってるなら、素直に伝えてやれ。それをプロポーズ風に演出するっていう算段なんだろ？」

と一瞥を投げてきた織方に、エレナはこくこくと頷いた。織方はもうエレナが何をしたいかをわかっている。

「稔さん、このジャケットを着てみたことはありますか？」

「いえ、昔父が着ているのを何度か見たことがあるだけで」

「じゃあ着てみて下さい。私の勘が当たっていれば、サイズはピッタリだと思います」

少し迷いを見せた後稔が「……はい」と慎重に頷き、店内へ入る。大鏡の前で、織方がポロシャツの上にトルソーからはずしたジャケットを着せかけた。

「やっぱり……！　写真を見た時から思ってたんです……！」

胸の前でエレナは両手を握りしめた。稔は誠一と体格も似ているようだったので、もしかしたらと思ったのだ。その着心地に、本人も驚いているようだった。

「すごく……心地がいいです。不思議なくらいに。もっとゴワゴワと固いのかと思ったけど、柔らかくて軽くて、体が包み込まれているような感じがします」

「ツイードは着れば着るほど馴染んでいく不思議な生地でな。百年はもつと言われる。芯地やパッドを減らしたソフトジャケット風だから、より体に添うだろう。ショルダーラインはまあ問題ないな。あんたも親父さんと同じ若干前肩体型だ。前肩は日本人に多くてな、その場合、注文服では補正をする。ラインを直線にすると肩先が当たるから、丸みが出るように作るんだ。そうすると肩回りがしっくりくる」

肩や襟、皺のつき方などを織方が確認し始める。稔が「へえ」と感心する。

「体形などもわかるんですか」

「人間にはそれぞれ体のクセがあるからな。着用者を知らなくても服を見ればわかることはけっこうあるぞ。たとえば親父さんはタバコを吸うだろう」

「ええ、なぜわかるんですか」

「内側にタバコポケットがある。それから名刺ポケットとペンポケット、仕事と兼用か。後は後ろの裾部分の二か所の切り込み——サイドベント仕様なのは、ポケットに手を突っ込むクセがあるから、とかな」

「確かにその通りです。すごいな……父に会ったことがあるみたいだ。……この中には父のことが詰まっているんですね」

「愛着のあるお洋服はその人そのものです。捨てるには相当な覚悟がいると思います」

「ええ。袖を通してみてわかりました」

ジャケットの袖に触れながら、稔が頷いた。

「奥様はそんな大切なものより、僕のこれからを優先してくれようとしたんですね……。後悔なんてしたくない、やっぱり向き合いたいです——母と」

稔が言った。暗雲から解放された空のように清々《すがすが》しい顔つきになる。

「その言葉を待っていました。織方さん、お直しは今夜までに可能でしょうか」

エレナは織方を振り返った。

「ああ？　今夜だぁ⁉」

「はい。何があるかわからない、だから今夜です！　大丈夫、多少縫い目が荒くともウールはごまかしがききます。出来ますよね？」

「あのなあ……。ったく、そういうとこは智広といい勝負だな、お前さん……。まあ、裏地の取り替えや大がかりなアレンジは無理だが、袖丈を詰めるくらいなら何とかなるか」

袖口のボタンは三つ、手前の一個だけがボタンホールから外せるようになっている。継承時のことも踏まえた仕様だ。奥のボタンを手前につけ直せば、袖を伸ばすことが出来る。

「追加したいディティールは一つだけです。フラワーホールをお願いします。プロポーズには必要ですので。私は奥様のドレスを作ります」

「ドレス？　生地はもうねえぞ。他はスーツ用しか。それにお前さん――」

「わかってます。でも今奥様に着て欲しいのはあのエンディングドレスじゃない――だからなんとかします」

――店内にあるもので、使えそうなものは――。

急がないと時間がない。エレナは辺りを見回した。

ふと腕を組んでカウンターに凭《もた》れている智広と目が合った。少し仏頂面のまま、結んでいたその口を開く。

「……で、オレは何をすればいいの？」

「え、手伝ってくれるんですか？」

「君はスイッチ入ると危険だから野放しに出来ない。前回を知ってるからね。それに一応ここの責任者だし、お客様が望むことがわかったなら、それを果たす義務がある」

そうだ。この人には自分のダメなところは全部見られているのだ。

でもそれなら好都合ではないか。もう開き直って、遠慮なく巻き込んでしまえばいい。

いつになく前向きな気分で、エレナは瞳を煌めかせた。

「だったら稔さんのコーディネイトをお願いします。得意ですよね？　それから、ダンスホールです！」

「ダンスホール？」

「虹色のライトの下で紳士淑女が優雅に踊る社交場です！　手配して下さい！」

智広が「ええ!?」と声を大きくする。

「どこだよそれ。そんな急に言われても――」

「――ああ、それなら力を貸せるかも」

その時、ふいに甘く、華やかで、オリエンタルな香りがエレナの妄想を包んだ。

ちょうど店のドアをくぐり抜けてきた鳳生が、「どうも」と片手を上げた。

「こんなところで、いったい何をするというの？」

車を降りた十紀子が怪訝《けげん》そうに辺りを見回す。

周囲は賑やかな夜の繁華街だ。派手なネオンと人で溢れ、一緒に車を降りたエレナも正直不安の真っただ中である。

「騒がしいけどいい街ですよ。歌舞伎町は初めてですか？」

運転席から降りた智広が十紀子の視線に合わせて腰を折った。細身のムーングレーのスーツが嫌味なほど似合っている。ファッション誌から抜け出したみたいだ。

「ええ、主人は馴染みがあったでしょうけど。本当に稔さんがわたしを待っているの？」

「はい。とりあえず行きましょう。よろしければエスコートさせて下さい」

十紀子に腕を差し出しながら、智広がさりげなく目配せしてくる。握りしめていた智広のスマートフォンをこっそりと操作し、エレナは耳に当てた。

夜八時半すぎ、エレナは智広と松濤邸へ向かった。十紀子を迎えに行くためだ。

お手伝いさんに事前に連絡をしたので、部屋で休んでいた十紀子はリビングで待っていた。体調はすっかり回復したようだった。

「ご依頼の品をお持ちしました」とエレナが差し出したワンピースを見て、十紀子はどういうことかと訊いてきた。その後はオールマイティな男が活躍し、なんとか十紀子を着替えさせ、連れ出すことに成功した。稔から話があるとだけ伝えてある。

数コール目で出た相手に「と、到着しました」と小声で告げ、エレナは終了ボタンをタップした。目の前のビルを見上げる。

この煌びやかな界隈の中で、唯一ネオンが消えている店だ。中では稔が待っている。鳳生がランタナから連れてきてくれているはずだ。

――うまくいきますように。

眠らない街の雑踏の中に、願いを落とす。

一秒先も未来はどうなるかはわからない。だから、無限の可能性がある。

スマホをポシェットに入れ、エレナはエントランスへ向かう智広と十紀子の後を追った。

エレベーターの扉が開くと、そこは別世界だった。

天井には絶え間なく光を振りこぼすクリスタルのシャンデリア。ブラウンカラーで統一されたフロアを囲んでいるのは、無数のキャンドルの灯だ。

「ようこそ、ＣＬＵＢ《クラブ》　ＦＩＯＲＥ《フィオーレ》へ。今夜のたった一人のお客様」

恭《うやうや》しく出迎えたのは、黒いスーツを着た鳳生だ。その後ろに控える似たようなスーツ姿の若い男性たちが「いらっしゃいませ」と声を揃える——全員眩しいくらいの美形だ。

——め、目がチカチカする……。

眩暈がしそうになって、エレナはふるふるっと頭を振った。

ここは鳳生がプロデューサーを務める店で、現在一部改装で休業中なのだという。

智広のタルトの味見役にランタナに呼ばれた鳳生が「ダンスホールならいいところがある」と言ってくれた時は歓喜したが、まさかホストクラブとは思わなかった。男性たちは、この店のホストに違いない。

「いったい……これは何なのかしら」

十紀子が隣に立つ智広に非難めいた視線を投げかける。

「今夜だけの特別なダンスホールです。すみません。松濤様がご主人とダンスをされたクラブの詳細が不明だったので、急ごしらえでご用意しました」

「ダンスですって？　どういうこと？」

「思い出とともに、新しい人生の出発点に立って頂くためです」

「意味がわからないわ。そろそろ何のことか説明して頂戴。しかもわたしみたいな年寄りにこんな服——からかっているの？」

しびれを切らした十紀子が智広の腕から手を離した。エレベーターに戻ろうとする。

「ま、待って下さい。依頼された通りの服にしなかったことは謝ります。でもあの服は奥様にふさわしくなかった。だから作りました。あなたに今必要なドレスを」

前に回り込んで、エレナは十紀子に訴える。

彼女が身に纏うペールブルーのラップドレスは、依頼されたものではない。エレナが超特急で縫い上げた即席品だ。

稔に見せてもらった写真を思い出して作った。色や形は違うが、今の十紀子を思い浮かべながら一針、一針糸を通した。

「私たちが作るのは人生に寄り添い、その人を輝かせる服。まだ終わりにしないで。無理して一人になろうとしないで下さい。あなたには思ってくれる人がいます。すぐそばに」

「奥様」と呼ぶ声に、十紀子が後ろを振り返る。中央のフロアへ続く階段を上がってくるのは稔だ。

織方が大急ぎで調整した濃紺色のジャケットは稔にしっくりと馴染んでいる。

チノパンに、セミワイドカラーの白いシャツとセピア色のネクタイ、胸ポケットにはネクタイと同じ色のポケットチーフ。

遠き日の誠一を彷彿《ほうふつ》とさせる風貌に、十紀子が口元を手で覆った。

「稔、さん。貴方……」

「勝手に着てしまってすみません。でも奥様の気持ちが知りたかったんです」

「わたしの気持ち？」

十紀子との間に距離をあけて稔が立ち止まり、わずかに俯く。

「ずっと後ろめたかった。あの家で居場所や必要なものはすべて与えてもらい、大切にしてもらったのに。あなたの本当の子どもでないことが、申し訳なくて」

「稔さん、それは」

「聞いて下さい。今まで言えなかった、あなたに嫌われるのが怖くて——。昔父に一度だけ言われたことがあります。『悪いのは全部父さんだから、母さんは大切にしてくれ』と。父も本当は心の中では後悔していたんです。だから余計に傷つけてはいけない、近づきすぎてはいけないと意識した。それが一番だと思って……でも、やっぱりこのままは辛い」

稔が一歩、また一歩前に出る。そして十紀子の手前で足を止めた。

「今さら遅いかもしれない、迷惑かもしれない。でも、もう一度あなたの人生に僕を入れて下さい。荷物なんかじゃない、僕の母親はあなただけだ。今まで寂しい思いをさせてごめん。でもどうか最後の時まで、息子として側にいさせて下さい——お母さん」

チーフが差してある胸ポケットから小さなオレンジのバラを取り、稔が差し出す。

ぴんと背筋が伸びた稔は今までより凛々《りり》しく見えた。装いのせいだけではないだろう。

稔の勇気が詰まった言葉が、エレナの胸をふわっと温かくした。服は魅力を引き出す魔法のツール。でも本当にその人を変えていくのは、自分自身の思いや行動なのだ。

「……バカね、自分から厄介ごとを背負いたいだなんて。いったい誰に似たのかしら」

微動だにせず佇んでいた十紀子が涙声を漏らした。

「迷惑だなんて思うものですか。貴方はわたしが見つけたのよ。寒い冬の日に、家の前で……。憎むより先に、貴方をかわいいと思ったの。貴方が誰なのか知っても変わらなかった。葛藤もしたけど、それ以上に無邪気な笑顔が愛しくて、もう運命なんだと。貴方はわたしの息子よ。たとえ血が繋がっていなくても——誰が何を言おうともずっとね」

十紀子が稔が差し出した手を両手でそっと包んだ。宝物に触れるように。

「お母さん」震える声で稔がもう一度呼び、もう片方の手を十紀子の手の上に重ねた。

「懐かしいわね。あの人が贈ってくれたのは、ピンクのバラの花束だったけど」

稔の手の中の花を見て、十紀子が柔らかく微笑む。氷の仮面が溶けて消える。

「お母さん、そのドレスとてもきれいです。昔の写真に負けないくらい」

「まあ。あの人みたいなことを言って。——こんなに立派になったのね、稔」

十紀子がバラを手に取る。

「絶対幸せにするから、なんてどうして信じたのかしら。でも貴方をくれたしそれなりに幸せだった。悪いことばかりじゃなかったわ」

そして稔のジャケットの左襟にある小さなホールに、その花をそっと挿《さ》した。

「フラワーホールって、もともとはその名の通り花を挿す穴なんだっけ」

手すりに凭れながら、智広がぽつりと言った。

数組の男女が踊る階段下のメインフロアでは、プリズムのような光があちこちで揺れている。店内の照明は少し落とされ、流れているのは雰囲気のいいバラード曲だ。八〇年代に流行《はや》ったチークタイムの音楽らしい。

「そうです。ヨーロッパでは昔プロポーズの時に男性から女性に花を贈り、返事がＯＫだったらその花を一輪、衿穴に挿してもらうという習慣がありました。その名残です。今ではピンやバッジをつけたり、穴をあけないことも多いみたいですが」

智広と並んでエレナもフロアの光景を眺める。

数組の中には、稔と十紀子の姿もある。「ダンスなんてしたことがない」と焦っていた稔だが、智広にチークには決まったステップはないから、と十紀子とフロアへ送り出された。周りで踊っているのは、鳳生を含むこの店のキャストと彼の客や知り合いの女性たちだ。雰囲気作りのために鳳生が声をかけておいてくれた協力者である。

「織方さんはさすがです。ジャケットが格上げされる美しいホールです」

「あんな小さな穴一つがそんなに重要なんだね。奥が深いなぁ」

手穴にする余裕がなくミシンで仕上げたと織方は悔しがっていたが、短時間でも完璧な処理だった。

ボタンホールやフラワーホールのような小さなディテールこそ、仕立て服では重要だ。この部分がどれだけ美しいかがスーツやジャケットの良し悪しを左右するほどに。

「稔さん、お似合いですね。茶色と紺――あの組み合わせは」

「そう。アズーロ・エ・マローネ」

イタリア語でアズーロは青、マローネは栗色。スーツスタイルでもよく取り入れられるイタリアでは定番の配色で、智広は稔をエレガントな男性に変身させた。チノパンは稔本人が着用していたものだが、その他は智広が自宅から持ってきた私物である。

「お決まりだけど、イタリア要素を入れたジャケットならこれかなと思って。写真の旦那さんは赤のタイで自信家って感じだったけど、稔さんのイメージとはちょっと違う。それにプロポーズなら、色気を足さないとね」

智広がフ、と唇の端に笑みを刻む。

「素敵だと思います。でも悠木さん、やっぱり服のこと詳しいんですね」

何も知らないようなフリをして。やっぱりこの人は時々嘘つきだと思う。

「まあ、少しだけね。でもネルちゃんみたいに即席でドレス作るのは一生無理だけど。しかし、まさかカーテンで作るとは思わなかったな」

「あれは――す、すみません。急ぎでしたし、他に思いつかなくて……」

美しく広がるようにたっぷり布を使ったスカートは十紀子が動くたびに、ふわり、ふわりと弧を描くように揺れる。

材料はランタナのカフェスペースの窓辺のカーテン――智広が松濤邸で購入したフリークロスだ。目に飛び込んだ瞬間「これだ！」と飛びついた。

「素材のご提供ありがとうございました！　薄いのにハリ、コシがほどよくある綿ローンはドレスにはぴったりなんです……！」

「いや、オレが許可出す前にもうネルちゃん、糸を解き始めてたよね……。まあいいんだけど。でもよく短時間で一から作ったね」

「織方塾の制限時間つき課題のおかげです。怒号を耐え忍んだ甲斐がありました……」

ははは、とエレナは乾いた笑いを零す。織方は「後は任せた。休む」と言って店に残ったが、たぶん満足してくれていると思う。なんせ最短記録の二時間半で仕上げたのだ。

「……あのドレス、私が作ったんですよね」

海の底のように幻想的なフロアを夢見心地でエレナは見つめた。

新しい服は、もう作ることはないと思っていた。そんな未来は想像しなかった。

「そうだよ。また君がみんなを巻き込んで動かして、あの人たちの人生の綻びを直した」

時々よろける稔とそれを笑う十紀子に、智広の口元がつられて緩む。

二人はこれからようやく親子になれる。

過ちや苦悩が消えるわけではない。失った時間も戻らないけれど、やり直すのにまだ遅くはないはず。二人で泣いて笑って、一緒に生きる。人生の終わりまで。

——私もやり直せるのかな。まだ、遅くないのかな……。

じわり、と目頭が熱を帯びた。

込み上げてくるものが胸を焦がす。言葉に出来ない幸福感を噛みしめて、エレナは手すりをぎゅっと握りしめた。

「ネルちゃん、この間はごめん。ひどいこと言って」

智広が手すりから離れ、表情を改めた。

「ネルちゃんの言う通り、稔さんの話を聞いてちょっと重ねてた。自分の過去や母さんのこと、それから父親のこと。うまく自分の中で処理してきたつもりなのに、思ったほど片付いてなかった、義兄たちのことも……。オレもまだまだだよね」

「いいんです。私も確かにいつも、おばあちゃんの言葉に頼っていたから。でも今回はち
ちょっとだけ前に進めました……自分の意志で。あの——」

コクンと唾を飲んで、エレナは上目遣いに智広を見上げた。

「こ、今度買い物、一緒に行ってくれませんか。……新しい服を見たいので」

ほんの少し。小さな一歩でも、少しずつ変わってみようかと思う。

「——もちろん、喜んで。君が行くなら、オレも行く。そう決めたから」

謎めいた返答に「え？」と返すと、智広は手すりからエレナの手を取った。

「じゃあまずは一曲。オレと踊って頂けますか？」

口づけするような仕草に、急に顔が熱くなった。

胸の音は鳴りやまない。予感はまだまだ、この先も続きそうだ。

第三話　小さな紳士とため息のリボン

「おまちどおさま。何書いてんだい？」

上から降ってきた声に、エレナはペンを動かす手を止めた。

テーブルの端に茶色の紙袋を置いて、あごひげをさすりながら覗き込んできたのは、喫茶店のマスターだ。臙脂色のエプロンの胸には『純喫茶　アンバー』の白抜き文字とコーヒーカップのマークがある。

「あ、す、すみません。なんでも……！」

散らばった紙やペンをかき集め、隣の座席に置いたトートバッグに押し込む。

「ずいぶん集中してたけど。ほい、ホットサンド二つとカツ玉子サンド一つね。自家製ピクルスおまけで入れといたから。今日は残業かい？」

「わぁ、ありがとうございます。はい、明日納期の仕事があって。わ、もう五時！」

トートバッグを肩に掛け、エレナはテーブル席を立った。

店内の壁掛け時計は四時五十六分だ。二十分休憩をもらい三人分の夕食を買いにきたのだが、休憩終了まで残り五分を切っている。

「エレナちゃん、頑張ってるねえ。ずいぶん板についてきたみたいだし」

「板？」

「仕立屋の仕事。最初に来た頃は目も合わせてくれないし、声は小さいし、話しかけると震えてるし、大丈夫かなと思ったけどさ。だいぶ変わったよねぇ。それに楽しそうだ」

しみじみとマスターが頷く。思わずエレナは頭を抱えた。

「と、当初の非礼の数々、お許し下さい……。でも……はい、楽しいです」

「いいことだ。人生何事も楽しいのが一番。お、そうだ。これも持っていってくれ」

マスターがカウンターから菓子折りのような小さな箱を持ってきた。

「草団子、みんなで食べな。常連さんがさ、西新井大師に行ったんだと。もらいもんで悪いけどちーくん、好きだったと思うから」

『ちーくん』は智広のことだ。アザレア通り商店街の年配者からはそう呼ばれている。

「ありがとうございます」と礼を言って代金を渡し、紙袋と草団子を持って店を出る。ヒュウ、と冷たい風が吹きつけてきて、赤いニットケープの下で首を竦めた。

――わ……十二月ともなると、やっぱり寒いな。

ツンと尖ったような澄んだ空気の中に白い息を吐く。あと半月でクリスマスだ。夕方になると外は冷え込む。

急ぎ足で路地に入ろうとした時、黒猫のノラ子が目の前を横切った。「こんばんは」と声をかけると、挨拶を返すように「ナーオ」と鳴いた。

ノラ子を見送って角を曲がると、ランタナの入り口前で智広と二人の女性客に出くわした。一人は父親のチェスターコートを継承した二十歳の女子大学生。つい最近の客だ。

気づいた女性が「こんばんは」と頭を下げてきたので、エレナも同じように返す。

今日彼女が着ているのはエレナがリメイクしたトレンチコートである。裾がフリルになっていて、ベルトにはレース刺繍。でも一押しは、前身頃と袖のアンティークボタンだ。

「こ、こんばんは……。あの、私何かミスを……？」

「あ、違うんです！　コートはすごく気に入ってます！　でもせっかくかわいくしてもらったので、友達とコーデの相談に来たんです」

友達と呼ばれたもう一人の女性客もエレナに会釈してくれた。

――ああ、そういうことか……。

今日はカフェの客として来たということだ。

ランタナは予約がない時に限り、数組限定でカフェ営業を始めた。告知は智広がコーデアドバイスなどを投稿している店のSNSで行っている。

「お店のアカウント、フォローしてるんです。着こなしアドバイスいつも参考にしてて、センスいいなあと思って。お菓子の写真もおいしそうだし、それで来てみたくて」

友達はずっとチラチラと智広を見上げている。来てみたかった本当の理由は一目瞭然。

『イケメンオーナーにコーディネイト相談が出来るカフェ』だからだ。

以前アパレル誌に智広のインタビュー記事が載ってから、出版社に問い合わせが相次いだらしい。それをきっかけに、様々な世代にもっと気軽に仕立屋に来てもらえるようにと智広はカウンセリングカフェの一般向け営業を考えたのだ。

「ありがとう。でもごめんね、今日は急に予約が入っちゃって。また今度来てね」

二人を見送りながら愛想よく手を振っている智広を、エレナはじとっと見据えた。

「このままだと、ランタナは仕立屋ではなくホストクラブになるのでは……？」

一昨日は以前の客だというモデル美女が会いに来たし、妙齢の女性だけでなく、年配のマダムや時には小学生の女の子まで――。たまに「本気でモテたいんです！」と救いを求めにくる男性客もいるが、相談を口実に訪れるのはほとんどが女性だ。

「そんなつもりはなかったんだけどねー。でもみんなが拡散してくれるから宣伝費かからないし。こないだの数量限定生地の企画も悪くなかったでしょ。人は『限定』っていう障害を前にすると手を出さずにはいられなくなる。おかげでご新規も増えた」

「はぁ……『ロミオとジュリエット効果』でしたっけ。でもその分私と織方さんが大変な思いをするんですけど。職人の補充はどうなってるんですか？」

「募集はしてるよ。でも面接した後なぜかみんなお断りされちゃうんだよね。工場委託は結局織方さんが嫌がるし」

「それはそうです。一つ一つ丁寧に心をこめて仕立てるのがこのお店のポリシーです。効率より心なんで……はくちゅ！」

クシャミで噛んだ。大事なところだったのに。

「大丈夫？　前髪切ったからおでこ寒いんじゃない？　ほら冷たい」

ナチュラルに額を触られて「ひゃあ！」とエレナは声を上げた。

「そ、そういうところも直した方がいいと思います……！　セッ、セクハラですよ！」

とっさに三人分のサンドイッチの入った紙袋と、菓子折りを智広に押しつける。

「あ、懐かしい。草団子だ。昔よく食べたなぁ」

「そ、それはマスターからです！　じゃあ先に入りますからっ」

最近智広のスキンシップが前より過剰に思えるのは気のせいだろうか。

智広の脇をすり抜けてエレナは店内へ駆け込んだ。

暖かい店内で息を整えていると、「またお待ちしております」と送り出す声がした。生地が並ぶ大棚の方から織方に付き添われて来たのは、威厳漂うダブルスーツ姿の五十前後の男性だ。頑固そうな直線の眉が目を引く。その後ろには小さな男の子がいる。お客様だ。智広が言っていた急な予約とはこの二人のことだろう。脇にささっと避けてエレナは通路を開けた。

「東条《とうじょう》様、本日はお越し頂きありがとうございました」

遅れて入って来た智広が店主モードで一礼する。東条が手を上げた。

「ああ、三代目。急に来て悪かったね。会議が中止になって運よく時間があいたんだ。これもちょうど今日は習い事がない日だったものでね」

「お気になさらず。時間でしたらいくらでも工面致しますので。次回は三日後の十二月十二日の土曜日午前十時半、お坊ちゃまのカウンセリングと採寸ですね」

「それなんだが」東条が口ひげを骨ばった指でなぞる。

「息子《こども》の意見を聞く必要なんてあるのかね。意向はすべて伝えたが。それにこの通り人見知りで大人しい性格でね。逞《たくま》しくなるよう水泳や空手にも通わせてはいるんだが」

俯いて、男の子が父親の足の陰に隠れるように下がった。

「ご依頼主は東条様ですが、ご子息の優一郎《ゆういちろう》さんも大事なお客様。特別な一着にこだわる当店では、どなたにも一度はカウンセリングを受けて頂くようお願いしております」

如才なく受け答えをする智広に、東条は「そうか」と無愛想に頷いた。

「それがこの店の流儀だったな」

「ええ。まだまだ勉強中の身ですが、伝統は守っていきたいと思っております」

「うむ、ならば承知した。だが土曜は私も妻も時間が作れないので、手伝いの者に付き添わせる。よろしく頼む」

「かしこまりました。——坊ちゃん、お土産にこれをどうぞ」

智広が優一郎の前に跪《ひざまず》き、ピンクのリボンをかけた透明なラッピング袋を差し出した。

中身はビスケットの上にキャラメルとチョコの層を載せた、ミリオネア・ショートブレッド。智広は日替わりでカフェ用にお菓子を焼いている。依頼人やカフェの客に大人気だ。

「お礼を言いなさい」と促されておずおずと優一郎が顔を見せた。囁くような声で「ありがとうございます」と袋を受け取る。

——か、かわいい……！　女の子みたいだぁ。

小学生だろうか。精悍《せいかん》な父親とは似つかない美少年だ。

ふわふわのシフォンブラウスとかお花畑が似合いそう。妄想に花を咲かせていると、パコンと頭を叩かれた。眉間に皺を刻んだ織方の凶悪顔に真上から見下ろされる。

「お客様によだれを垂らすな。ったく、カウンセリングはお前が担当だからな。東条さんはお得意さんの一人で、美意識とこだわりが強い方だ。マヌケ面は絶っ対晒《さら》すんじゃねえぞ」

いつの間にか東条親子はとっくに帰っていた。ドアを閉めながら智広が言う。

「堅物そうな人だねえ。八千草《やちぐさ》重工の重役だっけ。でも息子はずいぶん繊細そうだ」

「遅くに出来た待望の息子さんでな、今小学校三年生だ。上にお嬢さんがいるが、十以上年が離れてたはずだ。東条さんが英才教育に熱心でな、都内の名門校に通ってる。内気だが礼儀正しいよく出来た坊ちゃんだ」

精密機械や航空宇宙産業で有名な八千草重工は、日本でも有数の大企業だ。東条は超エリートサラリーマンらしい。

優一郎が通っているという小学校の名前も、エレナでも聞いたことのある有名な一貫教育校だ。ホテルのシェフが作る給食が出て、年間の授業料が何十万もかかるとネット記事で見たことがある。

「えっと、今回の依頼は継承案件、ですか？」

「ああ、東条さんがうちで初めて仕立てたスーツを息子さん用にリフォームする。取引先関係のパーティーに連れていってくれそうだ。社交デビューってやつだな」

「はあ……セレブですね……。でも大事なお客様なのに、私が担当でいいんですか」

先ほどの女子大生の案件を含め、何度かカウンセリングや仮縫いは経験している。

この数か月でリメイクだけでなく、新しい服も作れるようになった。苦手だった他人との関わりにも前ほど怯えなくなった。

重たい前髪を切ったのは、いつまでも同じじゃいけないと思ったから。安心できるものだけにこだわって、余計なものは見ないようにする。そんな繊細なコサージュのようにケースに入れて守ってきた毎日を、取り出してみようと思い始めたのだ。

「最近のお前さんならまあ大丈夫だろうと思ってな。そろそろ紳士服の経験も必要だ。それに俺は子どもに好かれん。カウンセリングは智広が助けてやれ」

「もちろん。あ、でもさっきセクハラって言われたんだっけ……どうする？」

智広が横目で窺ってくる。織方に任されたのはうれしい。でもまだ助けは必要だ。

「さ、さっきのはいきなり触るから……！　て、適度な距離を保ってお願いします」

「おい智広。あんまりコイツを揶揄《からか》いすぎるなよ。お前はそんなんだからすぐ女にフラれるんだ」

「なんで織方さんがそんなこと知ってるんだよ。オレはチームとしてもっと親睦を深めたいだけで……そうだ、忘年会しよう！　ネルちゃんが今月からお試しから正社員になった歓迎会もしてないし」

「ぼ、忘年会……それは師走《しわす》に行われる一年の慰労を労《ねぎら》い合う戦友たちの会ですか？」

とっさに食いつくと、智広が何かを悟った気配を顔色に滲ませる。

「ネルちゃん、忘年会したことないんだね。じゃあ善は急げで今週末はどう？　織方さんこのへんでいい店ある？」

「あぁ？　この時期どこも満席だろ。まあアテはあるから一応聞いてやってもいい」

「サンキュー。じゃあちょっと早いけど夕飯にする？　今日まだ作業するんだよね」

智広がカウンターに置いた紙袋を指差す。

「そうでした。菅藤《すがふじ》様のツーピースの仕上げをしないと」

「ああ松濤夫人のご友人の」

「はい。ユニークで面白い方なんです。個性的なブークレツイードのスーツですが、絶対お似合いになるって思います」

十紀子から「友人を紹介したい」と連絡があったのは十月だ。初めてエレナが担当した依頼人である。

「――なんか前と違うね、ネルちゃん」

「そう、ですか？」

十紀子は今、稔と一緒に暮らしていて、病気の治療にも前向きだという。幸せそうな声を聞いてうれしかった。自分も新しいことにチャレンジしてみようと思えるくらいに。

「今のネルちゃん、俺は好きだな。頑張ろうね。じゃ、お茶淹れてくる」

ポン、とエレナの頭に触れてから、智広が離れる。

——頑張ろうね……か。

自分も、そして智広も、ゆっくりと変わり始めているのかもしれない。

——ぼ、忘年会って……こういうのなの？

アイスティーのグラスを両手で握りしめながら、エレナは自分の中のイメージが崩れ去る音を聴いていた。

週末、金曜の夜。個室になっている座敷席には、個性的な面々が集まっている。

場所は北千住駅の東口側、裏通りにあるおしゃれな洋風居酒屋だ。忘年会シーズンなので店は満席である。東口には大学のキャンパスもあるせいか、大学生くらいの客が多い。

「挨拶だし、ビシッと決めたいんスよ。やっぱ無難にネイビースーツっすかね？　シャツとか小物も合わせやすそうだし」

エレナの向かいでは、光沢を帯びたブラックスーツを着た金髪の青年が智広と話している。付き合っている女性の両親と会食するらしく、服装について相談中だ。

「ネイビーは色合わせが簡単そうに見えるけど、意外と上級者向けなんだよ。落ち着いた真面目な雰囲気を目指すなら、ダーク系かな。ブラックか濃い目のグレー、ダークネイビー。コーデに自信がないならストライプでもいいと思うけど、派手なラインが入っているのはダメだ。あとスリーピースはNG」

「なんでですか？　三つ揃え、カッコいいじゃないすか。デキる男みたいで」

「バーカ。かしこまった場には自己主張が強すぎる。ゆくゆく結婚考えてるなら、第一印象で嫌われたくないだろ。流行より王道。背伸びして似合わないものを選ぶんじゃなく、定番でも自分に合ったものにしろ。シャツとタイ、靴もスーツに合わせてきちんと選ぶ。ズボンの裾の長さも靴に合わせて調整しろよ」

「ええ〜、そんな見えないとこだし、テキトーでいいでしょ」

「見えないところに気を使うのが大事なんだよ。穴のあいた靴下なんて履くなよ」

「わかってますって。トモさん変なとこで細かいよねー。ねえ、ネルちゃんさん！」

青いカラーコンタクトをした青年が突然正面を向いたので、「ひえっ！」とグラスを取り落としそうになった。

彼は智広の後輩でレガーロの現役ホストだ。人懐こくて元気がいいが、以前智広がヘルプで呼ばれた時の原因を作った人物らしい。

「ネル子ぉーーー！　いきなりクーイズ！」

「ひゃあっ！」

突然横から勢いよくナナが抱きついてきた。開始一時間ですでに泥酔状態だ。

「シルク、コットン、ポリエステル、この中でケンカが嫌いな繊維はどーれだ！」

「え、繊維？　わ、わかりません」

「わかんねーのかよ。正解はコットン！　もめーん（木綿）でしたーっ！」

きゃはは、と陽気に笑いながらナナがエレナの肩をバンバンと叩く。謎のテンションだ。

そんなナナの向こうには、キラキラした美女美男たちが見える。ナナの友人のキャバクラ嬢や仕事仲間、智広の元同僚やモデルやスタイリストたちだ。

その美女の間に挟まれて「やだーかわいい〜」「お肌スベスベ〜」といじられているのは――円佳だ。腕にはラファがいる。

――円佳くんが危ない……！

円佳を呼ぶことになったのは智広の「友達も呼んでいいよ」の一言からだ。高校生を酒の席に招くのはどうかと思ったのだが、ちょうど都内で一人暮らしをする姉のところに週末泊まりに行くと聞き声を掛けた。

「ネルさんの友人代表として、ご挨拶するよ……！」

と円佳は勇気を振り絞って来てくれた。エレナの唯一の友人枠での参加だ。でもお手入れが行き届いた桃のようなピチピチ肌のせいで、魔の軍団に目をつけられ連れ去られてしまった。怖くて手が出せずにいたが、救いに行かなければ。

「あ、あのナナさん、私ちょっと向こうへ」

「なんで！　今日は髪も爪も化粧もあたしプロデュースだろ。感謝して抱き枕になれ」

ナナが人差し指でほんのりチークを載せたエレナの頰を突く。ネイルチップが刺さって痛い。でもナナにお世話になったのは事実だ。

「だから今日は雰囲気が違うんだ。その服、この前一緒に買いに行ったのだよね。お化粧して三つ編みじゃないネルちゃんてなんか新鮮。かわいい」

「ど……どうも」

どぎまぎして下を向く。わかってる、ただの社交辞令。智広にとっては褒め言葉は挨拶みたいなものなのだ。でも今日は自分でもだいぶ冒険したとは思っている。

買った服を着るのはいつぶりだろう。でも智広に選んでもらったドルマンスリーブの白いセーターもブラウンチェックのスカートも、けっこう気に入っている。

髪はナナがハーフアップにしてくれた。いつもは軽くパウダーをつけるだけだがお化粧もしてもらったし、爪は桜染めしたような淡いピンクのネイルだ。

「一緒にぃ？　トモ、まさかネル子に手ぇ出したんじゃねえだろな」

「あ、ナナさん違うんです……！　私が前に見立てて欲しいと頼んで……！」

「へえ、トモさんがねぇ。でも、トモさんの好みのタイプだよね、ネルちゃんさんて。トモさんに寄ってくるコって派手な美人が多いけど、こういう清楚で素朴ーな感じが好きっすよね。タクミさんも言ってました」

頬杖をつきながら金髪の青年はニコニコしている。

——え？　好み？

目が点になる。「は？」と智広も不意打ちを食らったような顔をした。

「なんだとお！　てめえ、ネル子をそんな腐った目で見てやがったのか！」

勇ましくテーブル越しにナナが智広に掴みかかろうとする。「ナ、ナナさんっ」とエレナは慌ててその腕を掴んで引き戻した。

「そんなんじゃないって！　お前もテキトーなこと言うな。——ほら、このスーツなら丈詰めすれば使えると思うから。シャツとタイもいくつか入ってる。靴は自分で買えよ」

青年を小突いて後ろにあった紙袋を押しつけ、智広が立ち上がる。

「いいんすか！　いつもすみませんっす！　でもどうせなら靴も下さいよー、トモさんのバークレー。まだ飽きないんすか」

「あれはダメ。じゃあちょっと行ってくるから」

ナナを落ち着かせていたエレナに軽く目配せして、智広は美男美女軍団の方へ。円佳を気にしてくれたらしい。ちぇ、と青年が口を尖らせる。

「あの靴は絶対くれないんだよな。服は一、二回着ればすぐ飽きて買い替えるくせに」

「すぐに……？　そうなんですか？」

「モノにこだわりないみたい。ホストん時も同じスーツ着てるの見たことなかったっす。ま、売上が少ないおれら下っ端は助かるんだけど。トモさんのように売れっ子じゃないと、衣装に回す金も大変なんすよ……。でも、モノだけじゃないかぁ。退店決まった時、泣いて引き止めたコたくさんいたんすよ。トモさんの客って本気っぽいの多かったから。でもごめんねってあっさり辞めて。けどいつも履いてる革靴、あれだけはトクベツみたい」

いつもの、でエレナが思い浮かべたのは飴色の革靴だ。

爪先に一文字の装飾ラインが入ったパンチドキャップトゥのシャープな靴。ジャケットスタイルの時は智広はいつもその靴を履いている。

「なんで特別なんですか？」

「なんか新人の頃、イギリスで買ったらしいっす。思い入れがあるんすかねー」

肩を竦めてビールを飲み干し、青年が呼び出しボタンを押した。何か頼みます？　と訊かれた時、エレナの膝枕で寝ていたナナが起き上がった。目が据わっている。

「飲む！　ハイボール！　てか、織方はどこだ。なんでいないんだよ」

「ええ、言ったじゃないですか。織方さんは持病の腰痛が悪化しちゃったんです」

忘年会の予約をしてくれた織方だが、今日は仕事を休んだ。昼頃に智広が食事を届けにアパートへ行くと「楽しんで来い」と一万円渡されたらしい。エレナの歓迎会も兼ねてということだったため、織方なりに気を使ってくれたようだ。

「ち、色々いじってやろうと思ったのに……。まあ、アイツ元気になったしな……二代目が死んだ時はかなりヘコんでたけど」

美女たちが集まる方でどっと笑い声が上がった。今は会話の中心にいるのは智広だ。隣にいる円佳も楽しそうに見える。

「前は織方もあんな風に笑うことあったんだけどな。生きがいをなくすって辛いよな……昨日まで当たり前のようにあった毎日が急に消えるんだ。ゲームなんかに誘ってみたけど、助けになってんのかなー」

テーブルの上で組んだ両腕に、ナナが赤らんだ顔を載せる。

――そっか。ゲームをするのは織方さんを心配していたからなんだ……。

ナナのポケットにはたくさん温かいものが詰まっている。派手な見た目と毒舌、威勢の良さに最初は怯《ひる》んだが、その裏側の本当の彼女をエレナはもう知っている。

「なってますよ、きっと。ナナさんはやさしいですね」

「千住は人情の街なんだよ！　それに商店街の人たちは家族みたいなもんだから。困った時はみんなで支え合うんだ」

「そういうのいいですね……うらやましいなぁ」

思わず本音が漏れると、ナナにまた爪でほっぺたを突かれた。目の前にどん、とハイボールのジョッキが置かれる。

「何言ってんだ、お前もその一員だろ！　今日は家族になった祝いだ！　飲め！」

「えっ、でも私お酒は――いいえ、そうですね。飲みます！　飲ませて頂きます！」

『家族』という響きがうれしかった。

不思議となんでもできるような気分になってきて、勢いのままにエレナはジョッキの柄を摑み、ぐいっと呷《あお》った。

――え。ここどこ……？

目を覚ました時、エレナは知らない部屋にいた。

白い天井と壁、カーテンが開いた大きな窓からは朝陽が射している。

泊まったことはないがまるで高級ホテルのような——信じられないくらいふかふかの巨大なベッドから起き上がろうとして、ぽすんと顔から突っ伏した。

——ええと、昨日は忘年会で……。いつの間に一晩たったの？

頭が重い。でもぼんやり霞む頭の中に記憶がおぼろげに甦ってくる。

勢いでお酒を飲んだ。でもその後どうなった？　服は昨日のままだ。靴を履いていないだけ。でも持っていたはずのトートバッグが見当たらない。

顔を横に向けると部屋のドアが開いているのが見えた。その向こうにも部屋があるようだ。そのままうつ伏せになっていると、誰かが近付いてきた。

「あ、起きたんだ、おはよう。……生きてる？」

サックスのシャツにネイビーのカーディガン、グレーのパンツ、昨日とは違う出で立ちの智広だ。驚いてエレナは飛び起きた。

「えっ！　ええっ！　な、なんで悠木さんがいるの……!?」

見知らぬ部屋、途切れた記憶、朝陽とイケメン。このシチュエーションはなんだ。

「そりゃ自分のうちだから。昨日ネルちゃん酔いつぶれちゃって、しかもしがみついて離れなかったからオレんちに連れてきたんだよ」

「しがみ……⁉　う、うそ――」

つまりここは智広が暮らすマンション。確か渋谷のタワーマンションの二十何階だとか。どうりで窓の外に青空しか見えないはずだ。

「ほんと。まさかハイボール一口でデロデロとはね。お酒ダメなのになんで飲んだの」

「……う、うれしかったのでつい」

家族の一員と言われてうれしかった。そのせいで気が大きくなってしまった。

「楽しかったんだね。昨日はオレが飲んでなかったからよかったよ。でも今度はノリで飲まないように」

「すみません……あの、私何か他にもしでかしましたか……？　よく覚えてなくて」

「そうだなぁ、普段よりお喋りで笑い上戸だったよ。あとオレの後輩に好きな男のタイプ聞かれて、『まつり縫い』って答えてた」

「まつり縫い……⁉」

「うん、小さな点みたいな縫い目がどれだけ表から目立たないか、その間隔がどれだけ均一かがまつり縫いの美しさを決めるんだーって延々と語ってたよ」

我ながらとんちんかんな答えすぎる。たぶん昨日、織方のかわりに男性用スラックスの裾始末をしていたからだろう。

「ネルちゃんの頭の中はほんと裁縫一色だね。みんなおもしろがってたけど。でも円佳くんには後で連絡してあげて。心配してたよ」

「ああっ！　ま、円佳くん……！　円佳くんは⁉」

がばっと顔を上げる。キャバ嬢たちから救出しそびれたのだ。なけなしの血の気が引く。

「大丈夫だよ、お酒も飲ませなかったし、ちゃんと電車に乗せてお姉さんのところへ行かせたから。あ、念のため弁解するけど何もしてないからね。オレはソファで寝たし」

「ソファ……？　っ、つまりこれは悠木さんのベッドなんですか……⁉　すすすみませんん‼」

エレナはその場にひれ伏した。頭が爆発しそうだ。

「何もないなんてとんでもない！　迷惑をかけた上ベッドまで占領して……！」

「そういう意味じゃないんだけど……まあいいか。それより朝ごはん食べられる？　そこのドア開けるとバスルームだから、シャワー浴びたら？　ああ、スカートシワシワだね。ランドリー室にアイロンもあるから自由に使って。準備出来たらリビングに来てね」

部屋の奥のドアを指差した後、智広はリビングらしき部屋へ戻っていく。

——もうお酒なんか飲まない……絶対に！

そう心に決め、エレナは重い体を引きずってバスルームへ向かった。

シャワーを借りて身支度を整えベッドルームを出ると、コーヒーのいい香りがした。

カウンターキッチンのあるリビングは明るく広々している。エレナのトートバッグは大型テレビの近くにあるカウチソファの上にあった。智広が置いてくれたのだろう。

キッチンのカウンターにはサラダとホットサンドのプレートが用意されていた。おしゃれなカフェモーニングみたいだ。その横にはケーキの載った小さなプレートもある。

「あ、キャロットケーキ……！」

「うん、教えてもらったエレノアさんのレシピ。夜中に作ったんだ。今日の茶菓にしようと思って。試食してくれる？」

自分を寝かせた後に作ったのだろうか。タフすぎる。智広はどんどん腕を上げていて、もはやお菓子作りはプロ級だ。

「座って。ネルちゃんは紅茶だよね。ミルク入れる？　フルーツ切る？」

智広は先に朝食を摂《と》ったらしく、テキパキと世話を焼いてくれる。いたれりつくせりだ。

――なんだか女として以前に、人として惨敗している気がする……。

普段の朝食なんて、ジャムを塗った食パンをもそもそかじるだけだ。

ドレスリメイクの時といい、今回といい、智広には醜態を見せてばかりの上、今回もまたお世話してもらっている。

そしてこのモデルルームのような部屋。家具や装飾品もオシャレで無駄なものがほとんどなくすっきりと整っていて、スマートな智広そのものだ。

「それ食べたら出勤しよう。今日は十時半から東条様の坊ちゃんのカウンセリングだよ」

「あ！　そうでした。今日は土曜日……！」

椅子に座り「いただきます」と手を合わせた。

ミルクティーにほっと和《なご》んでいると、智広がカウンターの方に回ってきた。手にはコームを持っている。

「ネルちゃん。ちょっとだけ髪の毛触ってもいい？　サイド三つ編みなら後《おく》れ毛をつくって、トップもふんわりさせた方がかわいいと思うんだよね」

適当に一本にまとめたエレナの髪をちょちょっといじり、智広が「ほら」と鏡を見せてくる。こなれ感というのだろうか。三つ編みを少し崩しただけなのに、垢抜けて見えた。

「悠木さんは、女性に尽くすタイプなんですね……モテる理由がわかった気がします」

「そんなことないけど……あ、もしかしてやりすぎ？　ごめん、家に女の子——というか人を呼んだことないから加減がわからなくて」

「え、でも恋人とか」

「ないない。というか、特定の相手を作るの得意じゃないんだ。今もいないし」

「——え。じゃあ……どうして私を？」

いわば聖域に入れたのか。従業員だから？　サクリ、とエレナはホットサンドをかじった。トマトの酸味にチーズと黒オリーブが合う。おいしい。

「うーん。ネルちゃんは、捨てられたリスみたいで放っておけないから別枠的な」

「リス？　捨てリスなんているんですか……？」

「たとえだよー。それにちょっと似てるんだよね。オレの母親も抜けてるというか、子どもみたいなところがある人でさ。家事もど下手で、オレが代わりにやってたんだけど」

——だから悠木さんはマメなのか……。

美人でしっかりした母親像をイメージしていたのでちょっと意外だ。親近感が湧く。

「ごめん、こんなこと言われても困るよね」

「そんなことありません！　えと、そういう話、してもらえるのは……嫌じゃないので。もし、また話したくなったら聞かせて下さい。聞くことしか出来ないですけど」

智広は饒舌《じょうぜつ》だがプライベートな話はほとんどしない。母親のことを聞いたのも初めてだ。なんというか、少しうれしいかもしれない。

「……そか。うん、ありがと」

首の後ろをさすりながら、智広はカウンターに置いてあったコーヒーを飲んだ。

「そうだ。オレ、ネルちゃんに謝らなきゃならないことがあるんだ。これ……」

智広がカウンターの端から引き寄せたのは、書類を挟む薄いファイルだ。

「夕べネルちゃんを運んできた時、バッグから偶然落ちてさ」

「ああーーっ！　みみみ見たんですか、これ！　な、中身！」

食べかけのホットサンドをボトリと皿に落とす。飛び上がるように椅子を立ち、智広の腕に飛びついてファイルを奪った。

「見た。そのデザイン画、ネルちゃんが描いたの？」

「そ、そうですけど……落書きのようなもので、人様に見せられるものでは〜」

「なんで？　すごくいいじゃん」

智広が高揚した声で言う。

「女の子は絶対好きだよ。五〇年代っぽい、レトロで大人かわいい感じ。商品化したら絶対売れる。専門学校通っていたのは、デザイナー志望だったから？　なんで辞めたの？」

「……それは」

ぎゅ、とファイルを腕に抱きしめる。

「あ、ごめん。無理には聞かないよ。でも才能あるよ。続けるべきだと思う」

「え」とエレナは目をぱちくりと瞬いた。まさか褒められるとは思わなかった。

「それにそうやって描いてるってことは、諦められない夢があるからじゃないの？」

――夢……確かに、あった。

街に出て買い物をして、食事をして、家族や友人と会って、時には素敵な出会いを経験して――そんなとっておきの毎日を一緒に過ごす一着を、作りたいと思っていた。

「……私、おばあちゃんみたいに人を幸せにする夢みたいなドレスが作れたらいいなって思っていたんです」

恋する人生を作る服。それを一緒に探す服。それが自分の理想だ。

「じゃあ、そこに向かえばいいんだよ。心のまま。そうだ、今度SNSのコーデアドバイス用の服、デザインして作ってよ。フォロワーもだいぶ増えたし、たくさんの人に見てもらえるから、いい刺激になると思うし」

「私が？　……えと、少し考えてもいいですか」

提案はうれしいけれど、今ここで頷く自信はない。でも前向きに考えてみたい。

「うん、待ってるよ。どちらにしてもオレは応援するから」

「あ、ありがとうございます」

心の中にふわり、と花が咲く。

急にムズムズした気分になって、とりあえず食事に戻った。ホットサンドを平らげ、フォークを取り、白いアイシングの載ったキャロットケーキを口に運ぶ。

「……おいしい」

スパイスの風味と素朴な甘さが懐かしさを呼び起こす。

「よかった」と智広の目元が綻んだ。

久しぶりに食べたそのケーキは、祖母が作ったのと同じ味がした。

「東条優一郎さん。九歳、小学校三年生……ですね。えと、好きな食べ物はなんですか」

「……………」

「じゃあご趣味は……」

「……………」

——どうしよう。会話が続かない……。

カウンセリングシートを留めたバインダーを両手で握りしめながら、エレナは泣きたい気持ちを必死に堪《こら》えていた。

ランタナのカフェスペースにはカウンターと、窓辺に長椅子のテーブル席が一つある。

優一郎が窓辺がいいというので、カウンセリングはテーブル席ですることにした。でもそれきり優一郎はだんまりだ。

質問するともじもじ動くのでちゃんと聞こえてはいると思う。でもずっと俯いているので見えるのはつむじだけだ。十五分間エレナはずっとつむじとお見合いしている。

——悠木さん、助けてよ……！

SOS信号を送るが、智広は同行してきた優一郎の家庭教師という若い女性とカウンターで歓談中だ。そう、楽しそうに。こっちをチラリとも見ない。

車の中で「同席するから」と言ったくせに。仕方なく優一郎へ視線を戻す。

有名ブランドのロゴが入ったセーターに、チェックのシャツ、ベージュの半ズボンに磨かれたローファー。育ちの良さが感じられる服装だ。羽織ったままのラウンドカラーの赤いコートも、男の子にしてはかわいらしいデザインだが上等そうである。

織方曰く、父親の東条は『一流志向』『高級志向』なのだそうだ。確かに息子用にリメイクすると持ち込んだスーツも、イタリア製のシルク混ウール素材の最高級生地だった。

ランタナは英国式スーツを主流としているが、依頼人に合わせて様々なスタイルにも対応する。生地も様々なヨーロッパメーカーの上質なものを数多く扱う。

東条が好むのは英国スーツの特徴を併せ持つミラノスタイル。逞しいボディラインを現出しながらも、ショルダーラインはほどよく滑らかで、イタリアと英国のいいとこどりのような仕立てだとエレナは思う。そして東条は『二枚裁ち』にこだわりがあるらしい。

——日本やイギリスのスーツは三枚裁ちが多いって織方さんが言ってたっけ……。

前身頃、後身頃の二つのパーツで構成されるジャケットが二枚裁ち、前身頃と後身頃に加え細腹と呼ばれる脇腹部分のパーツの三つで構成されるのが三枚裁ちだ。細腹があると立体的で体のラインにフィットしたものが作りやすい。逆に二枚だとアイロンワークで立体成型するため熟練の技術が必要になる。

どちらが優れているというよりは、かける手間が違う。東条にはこの『手間』が一流という発想なのかもしれない。

——でも、お父さんとは全然似てないなぁ……。

東条のいかめしい顔が浮かぶ。優一郎は母親似なのだろう。性格も内気で人見知り。

——私も人から見ればこんな感じだったのかな。

個性的な面々と出会ったおかげで今は改善されつつあるけれど、数か月前までは相手の顔を見て話すのは大の苦手だった。なんだか他人事とは思えない。

「にんじんのケーキ食べられる？」

どうしたものかと悩んでいると、隣にするっと智広が座ってきた。優一郎の前に、上に大きな星形のチョコレートが載ったキャロットケーキのプレートを置く。

「昨日小テストで百点だったんだってね。頑張ったから、特別に星を載せたよ」

ケーキを見た優一郎の表情が控えめに輝いた。「わあ」と小さな口が動く。

「ごめんね、一人にして。今先生に色々と聞いて来たんだ」

エレナに囁き、智広がカウンターにニコッと笑いかける。お茶を飲んでいる家庭教師が、智広を見て頬を染めている。

「この十五分間、口説いてたんですか……」

「情報収集だよ。回り道した方が解決が早いこともある、ほら」

優一郎はケーキを食べ始めていた。星は端に避けてある。とっておくようだ。「……おいしい」と呟いたのを聞いて、エレナは前に身を乗り出した。

「お、おいしいですよね……！　私もキャロットケーキが大好きで」

ビックリして優一郎が固まる。しまった、と硬直したが、優一郎は不思議そうに黒く大きな瞳でじいっとエレナを見上げている。

「……おねえさん、目がきれい」

「え？　ああ、よく気づきましたね。私、おばあちゃんがイギリス人なんです」

「外国人なの？」と優一郎が驚く。顔もかわいいが、声もかわいい。囁くような喋り方がキュンとくる。

「あの、あの。おねえさんの目、この本に出てくる猫さんとにてます」

今日はこの後ピアノのレッスンらしく、優一郎はレッスンバッグを持っている。その中から一冊の本を取り出した。

見開きのカラーの挿絵に描かれている青みがかった目の黒猫を優一郎が「これ」と指差す。男の子と女の子が黒猫に導かれて暗い森へ入る古めかしいタッチの絵だ。

「これ……まさか『夜霧の王国』？」

挿絵をめくると、本のタイトルと日壁霜一の名前が現れる。

「これ、私の祖父の本です！」

「えっ、ネルちゃんのおじいさんて作家なの？　すごいね」

智広が両眉を上げた。

「しがない翻訳家だったんですけど……まさかこの本を持っている方に出会うなんて！　優一郎さん、お好きなんですか？」

「……おねえちゃんにもらいました。お父さんはこういう本読むなって言うんだけど、おもしろくて好き……！」

本がきっかけになり、優一郎は少しずつ心を開き始めた。

読書家で、とくにおとぎ話やファンタジーが好み。動物は犬が好きだけど、大きい犬は怖い。習い事は、英会話とピアノと塾、空手と水泳。でも空手はちっともうまくならない。もちろん『夜霧の王国』の話もした。どのシーンが面白かったか、どこが怖かったか。二十三歳と九歳という年の差も気にならないくらい同じベクトルで語り尽くした後、タイミングを見計らっていた智広が切り出した。

「優一郎くんはどんな服がいい？　君のスーツはこのおねえさんが作るから、希望を言うといいよ」

「おねえさん、お洋服が作れるの？　すごいね……！」

「え、えへへ。そんなことないですよ」

優一郎のつぶらな瞳がキラキラ輝く。まんざらでもなくてエレナは照れた。祖父の本のファンにも会えて気分も上々だ。

「あの、じゃあ、これも直せますか？」

コートのパッチポケットから大きな花形のボタンを優一郎が取り出した。袖のタブ・カフスのボタンのようだ。

「取れちゃったんですね。ちょっと待って下さい」

エレナはアトリエから裁縫道具の入ったバスケットを持ってきた。赤い糸を針に通し、コートを預かってボタンを縫い付ける。

「……色んな道具が入ってる。あ、これ……かわいい」

バスケットを興味深そうに覗き込んだ優一郎が、小さな豚のクッションを指差す。

「それは、針を刺すピンクッションのマーガレットさんです」

「名前があるの？」

「ありますよ。この子たちはずっと一緒に過ごしてきた宝物なんです。優一郎さんのこのコートと同じです」

糸を切って、ボタンの位置を確認する。

「たくさん着てますね。優一郎さんのお気に入りですか？」

他の服は新品のようなのに、このコートはずいぶん使い込んでいるようだ。きっと優一郎は物を大切にする性格なのだろう。祖父の本が好きなのだから、いい子に違いない。

コートを渡そうと立ち上がった時、何かが床に落ちた。ポケットからだろう。

「ダメ……！」

エレナが拾うより先に優一郎が動いた。後ろに隠す瞬間に、それがチラリと見える。

——ピンクの……紐？

後ろ手に隠したまま優一郎は椅子に戻り、また最初のように俯いてしまった。

エレナは智広と顔を見合わせる。そこに「あの」と横から遠慮がちな声が入ってきた。

「優一郎くんの大切なものを持って来て欲しいっていう話でしたよね。すみません、預かってきたのすっかり忘れていました」

家庭教師が「これです」と差し出したのは、ピカピカの飛行機の模型だった。


「織方さん。その大きな裁ち鋏、ずいぶん古いものですよね？」

床にモップをかけていた手を止め、作業台にいる織方にエレナは尋ねた。

織方は三角のチョークで型紙を生地に写していた。裁断前の大事な作業だ。最中に声をかけると殺されそうなので、掃除をしながら線を引き終えるのを待ってから話しかけた。

「ああ、これはオヤジから譲り受けたんだ」

側にある一番大きな裁ち鋏を織方が指でなぞる。

織方は大きさや素材の違う数種類の鋏を使い分けている。その中でも今織方が触れている鋏は年季が入っていて、いつも目に留まっていた。

「オヤジが初代からもらった英国製の鋏でな。もう六十年は経ってるんじゃねえか」

「大事にされてきたものなんですねぇ！　でもすごくきれいな刃です」

「腕のいい職人に研ぎを頼んでるからな。他の鋏だとしっくりこなくてよ」

「わかります！　私もおばあちゃんのを愛用してますから。仕立屋と鋏は赤い糸で結ばれた仲ですもんね。運命の相手に出会ったらもう一生虜ですよぉ、クフフ」

モップを手放し、エレナはうっとりと両手を組み合わせた。

「まあ相性はあるわな。隅の足踏みミシンは初代からのもんだし、そのアイロンとも長い付き合いだ。手に馴染んだ道具は自分の片割れだ。簡単に取り換えはきかん」

アトリエには新しいミシンやアイロンもあるが、エレナの人生よりも長い時を生きてきた道具たちも現役で残っている。カタカタと鳴るミシンの音や、時々感じる古い鉄や油の匂いがたまらなく好きだ。ここは自分が愛しているものが、同じように愛されてきた場所だ。

「おい。メルヘン妄想はそのへんにしとけ。掃除は終わったのか」

何度かリメイク作業を目撃したためか、織方はもうエレナの奇態めいた挙動には慣れたようで、冷静な注意だけ飛ばしてくる。

「はいっ、仮眠室も給湯室も終わりました。そうだ、織方さん聞いてもいいですか」

「なんだ」

「仮眠室の奥にある扉ってなんですか？」

時々お世話になる仮眠室には、開かずの扉があるのだ。先日気づいて開けてみようとしたが、鍵がかかっていた。

「ああ——あれはただの物置だ。いらねえもんが突っ込んであるだけだから気にすんな」

トントン、と腰を叩きながら織方は型紙を集めている。一日半休んで織方は復帰したが、立ち仕事の時は辛そうだ。早くもう一人職人が入って欲しいものである。

「それより、東条の坊ちゃんのカウンセリングをまたするそうだな」

「あ、はい。先週の土曜日は優一郎さんの希望を聞けないまま終わってしまったので」

結局優一郎は再び黙り込み、ピアノのレッスンに行く時間が来てしまったのだ。

そこで週明けの今日、改めてカウンセリングの時間をもらえないかと智広に東条家に連絡を入れてもらっているところだ。

「パーティーは一月の終わりらしいから大急ぎじゃねえが、そう時間はかけてられねえぞ。父親の東条さんの注文は、フォーマル向きのジャケット、ベスト、半ズボン、タイの四点セットだ。まだ九歳の坊ちゃんにはスーツなんぞよくわからんだろうから、子ども向けのサンプルを見せてイメージを聞くくらいでいいんじゃねえか」

「そうかもしれませんけど……でも、あの子、何か隠してるような気がして」

休憩スペースのソファテーブルの上にある航空機の模型にエレナは目を遣る。

「預かってもいい？」と智広が聞くと優一郎は頷いたが、模型を見もしなかった。

「宝物って、ちょっとの間も手放したくないですよね？　簡単に人に預けたりしないですよね？」

「子どもならそうだろうけどよ。東条さんの勤める会社は航空機作ってんだから、ああいう模型は山ほど家にあるんじゃねえのか」

「うーん、でも引っかかるんです」

エレナは模型を両手で持ち上げた。本物そっくりに作られている精巧なおもちゃだ。

「この模型、ピカピカなんです。男の子ってこういうので遊ぶの好きでしょう？　だったらもっと傷だらけだったりするかなって。なんだか一度も触ったことがないみたい」

「いいとこの坊ちゃんだぞ。そんな野蛮な遊び方はしねえだろ。東条さんはマナーやルール遵守に厳しい。家庭内でもな。それでお嬢さんは反発して家を出たくらいだ」

「そうなんですか？」

「ああ。八千草重工の関連会社に勤める顧客がいてな。しばらく前にそんな話を聞いた」

優一郎のつむじを思い出す。

好きな本も父親には禁止されていると優一郎は言っていた。そんなに怖い父親なら、他にも制限されていることがあるのかもしれない。

有名校に通い、習いごとも山のようにある。家庭教師もいる。本の話をした時は心から楽しそうだったけれど、店に入って来た時はくすんだガラスボタンのような目をしていた。

「本当にこれが宝物なのかな……」

ケーキの上の星のチョコレートを優一郎は結局食べないまま帰った。

床に落ちた紐を拾ってから様子がおかしかったが、あれは何だったんだろう。他にも色々と引っかかる。でもうまくまとまらない。まだポケットに届かない。

「それを知るためにもう一度聞くんだろ。まあ東条さんが許すかはわからんが」

「大丈夫だといいんですけど……」

模型に向かって呟いていると、アトリエのドアが開いた。

「……ネルちゃん」

智広は妙に覇気のない声だ。手にはスマートフォンを握りしめている。

「悠木さん、どうかしました？」

ため息を吐き出した後、智広が重そうに口を開く。それは思いがけない話だった。

「え……キャンセル？」

智広より告げられたのは、東条から依頼の取り消しがあったという件だった。

カウンセリングの日程調整で自宅に電話を入れたところ、東条の妻から折り返しがあり、断りを入れてきたそうだ。

「優一郎くんのスーツは別のところにオーダーするって。東条さんのスーツは後日取りに来られるそうだ」

「別の!? 約束事を無視して別の店でリメイクするっていうことですか? なんで急に」

落としそうになった飛行機をエレナはテーブルに戻す。織方も寝耳に水だったようだ。

「理由は訊いたのか?」

「奥さんは連絡を入れろと言われただけで詳しく聞いていないらしい。でもどうやら横やりが入ったみたいだ」

「横やり?」

休憩用のソファに智広が雑に腰を下ろし、スマホを横に放った。珍しく苛立っている。

「織方さんも知ってるよね。義兄さんたちが注文服部門を拡大して、オーダーメイドブランドを新しく立ち上げるって話」

「ああ、詳細はまだ発表されてねえみたいだが、耳にはしてるよ。来年二月頃から都市部を中心に展開するってやつだろ。店舗も作り始めてるそうだな」

「そう。『日常で着る本物指向の服』がコンセプトらしい。人気デザイナーを起用して、紳士用婦人用のスーツからカジュアルシャツやドレスまで幅広いアイテムを扱うそうだ」

「オーダーメイドのブランド？　じゃあ横やりってお義兄さんたちが？」

——注文服なんて興味がなさそうだったのに……。

一応雇用先なので、ランタナが所属する会社——フィロストファについて少し調べた。

以前は素材と品質にこだわったメンズ、レディースブランドをいくつか展開していたが、壱哉が社長に就任してからは業績の悪いものを次々と廃止し、低価格でトレンドを意識した市場でニーズの高い若年層向けブランドへと方向転換している。

『ドルチェ・ヴィータ』はその代表格だ。ファストファッション並みの価格で、ラグジュアリー感やファッション性を兼ね備えたアイテムを数多く提供している。ダーク系の色味が多くセクシー寄りなのでエレナの好みではないが、男女ともに人気があるという。

そこに新たなオーダーメイドブランド——しかも智広がオーナーになって間もない時期に立ち上げをするなんて。注文服部門はランタナのためにあると聞いた。ある意味不可侵領域だったはずだ。そこはかとなく悪意を感じてしまう。

「たぶんね。奥さんの話だと壱哉義兄さんらしき人が東条家を訪問したらしい。新ブランドのテーマは価格を抑えた高品質でデザイン性の高いオーダーメイド。メンズはスーツに力を入れていくというから、まずはうちの上客を引き抜こうって魂胆だろ」

「じゃ、じゃあ……広瀬社長が東条さんに心変わりを促したってことですか？」

そんな姑息《こそく》な手を使って顧客を奪おうとするなんて。あまりの卑怯《ひきょう》ぶりに呆れを通り越してエレナは感心してしまいそうになった。

「まあね。顧客リストは社のシステムで管理されてるから、簡単に情報は引き出せるしね。……たく、このタイミングといい、完全に当てつけだよね。このままオレを窮地に追い込んで、店を手放すように仕向けるつもりなのかもね」

「……ったく、とんだ足の引っ張り合いだ。オヤジが知ったら嘆くだろうよ」

織方がこめかみを押さえて嘆息した。智広が苦笑する。

「しかも新ブランドは専任の職人チームを結成するらしいよ。全員、もとうちにいたスタッフだって噂。親父や織方さんが叩き込んだノウハウや技術を彼らは持ってるからね。今考えると、そのために彼らをスカウトしたんだと思う」

アパレル業界では委託生産が主流の中、フィロストファは工場を保有し、製品の生産はすべて自社で行っている。元いたスタッフは全員その工場に異動したらしい。

「最初から悠木さんに嫌がらせをするために？」

「うん。うちで面接した人たちがお断り入れて来たのも、義兄さんの仕業かもね」

「そ、そんな……！　お客さんだけでなく人手まで奪うなんて……！　悪魔です！」

「ネルちゃん落ち着いて」

「落ち着いてられません……！　だってこのままでいいんですか⁉」

後少しで優一郎の心を開けたのに――。こんな風に横取りされるのは悔しい。

「よくないけど、想定内ではあったというか。いずれは何か仕掛けてくると思ってたし」

「でも……！　このお店を取られちゃうかもしれないんですよ！」

その時、カランという金属音がかすかに聞こえた。店のドアベルの音だ。

「……お客様？　今日、予約入ってましたっけ」

「いや、今日は午後にカフェの予約だけ。――見てくるから二人ともここにいて」

智広が出て行く。だがしばらくして店の方から聞こえてきたのは「何しに来たんですか」という剣呑《けんのん》な声だった。

――悠木さんの声。誰が来たんだろう。

嫌な予感に押され、エレナはドアに近づいた。そっとドアを押して隙間から顔を出す。

「どうした」と織方も同じように後ろから店を覗きにきた。

「東条さんの荷物を引き取りに来た。夫人から連絡があっただろう」

別の男の声がした。すぐに壱哉だと気づいた。一度訊けば忘れることはない威圧的で鼻につく声だ。

「……やはりあなたでしたか。悪趣味ですね。静かに見守ってくれているのかと思ったら、急に土足で踏み荒らす。東条さんに何を言ったんですか？」

「何を？　父の死後立てこんでいて、懇意にしていたお客様に挨拶回りもしていなかったと思って伺っただけさ。東条さんとは面識がある。流れで新ブランドの話を少ししたら、興味をお持ちになったようだったから、最初のお客様になって頂くことにしたんだ」

「白々しい。そのつもりで行ったんでしょう。姑息な手段を使いますね」

「あちらからぜひにと依頼があったのさ。卑《いや》しい水商売上がりの三代目よりも、正統な広瀬の後継者である俺の方が信用に値するそうだ」

智広越しに、壱哉があざ笑うのが見えた。

口ぶりから察するに、壱哉は東条に智広の経歴を話したらしい。たぶん、智広に不利になるように捻《ね》じ曲げた表現で。

智広は過去の職業を伏せているが、隠しているわけではない。必要があれば客にも話す。東条には「勉強中の身だ」と伝えていたが、聞かれたらそれ以上も正直に答えたはずだ。

「……東条さんにオレの悪口を吹き込みましたか」

「隠していた方が悪い。しかも素人の女にご子息の大事な衣装を作らせようとしていたそうじゃないか。先方はご立腹だったぞ。あの方は気難しいからな。虚仮《こけ》にされたと思ったんだろう。新ブランドで導入するデジタル採寸のシステム開発では、八千草の関連会社に世話になった。直接東条さんに関わりはないが、悪い評判は立てられたくない。だから先手を打ったまでだ。悪いな」

——わ、たしのせい？

自分が担当すると知って東条が怒ったということか。

壱哉は故意にエレナのことを話したのだ。ドアの縁にかけた手に力がこもる。

「待て。お前が出ていってもややこしいことになるだけだ」

織方に肩を摑まれる。

「で、でも……！」

「大丈夫だ。智広に任せろ」

首を振る織方にエレナは憮然とした。なんで助けに行かないのかと問おうとしたが、智広が返事をするのが先だった。

「……彼女は立派な職人だ。でもわかりました。お持ちしますので、少しお待ち下さい」

踵を返した智広が戻ってくる。織方に逆らい、エレナはドアの外へ飛び出した。

「悠木さん……！　なんで納得しちゃうんですか」

「お客様がそう仰っているなら仕方ないよ。悪いけど、スーツ取って来てくれる？」

「——ふん。やはりお前は素人だな。そんな小娘が職人だと？　よほど人手に困っているんだな。——恥をかく前に、さっさと相続放棄すればよかったものを」

クク、と忍び笑う声にカッと体が熱くなった。エレナはきっと壱哉を睨む。

「ぜんぶ、ぜんぶあなたのせいじゃないですか……！」

前へ踏み出そうとして、エレナは縫い止められたようにその場を動けなくなった。

壱哉の後ろで店のチーク材のドアが開く。背の高い男が現れる。

「ああ、城ケ滝さん。もう電話は済んだんですか」

ブラックジャケットとパンツに包まれたしなやかな体軀《たいく》、後ろでひとまとめにしたくせ毛の髪、少し尖った耳。まつげの長い涼やかな双眸が、エレナに気づく。

「……日壁？」

懐かしい面影が過去の記憶を呼び覚ます。

「——先生」

その薄い唇はよく微笑みを湛《たた》えていた。こんな風に、自分の名を呼んで。

『このデザイン画は君の？』

最初に話した時のことは、今でもよく覚えている。

思い切って服飾を学ぶ専門学校に入学したものの、クラスでは浮いていた。ちっとも雰囲気に馴染めなかった。

ただ授業は面白かった。色彩の知識やパターン、デザイン、スタイリング、マーケティング、服作りのスキル以外のことも学べるのが新鮮で。家で祖母とする裁縫はエレナの至福の時だったけれど、二人きりで完結する世界では得られないものが多くあった。

学校ではひたすら課題をこなして、アイディアを形にするのに夢中になった。

友達は出来なかったけれど、作品は注目されるようになった。

『誘引性の高い配色が魅力的だね。他にもあれば見せてよ』

彼が、校内でも注目の的だった彼が、声を掛けてきたのはそんな時だった。

『才能があるよ。よかったら僕のアシスタントをしてみない？』

柔らかな声から連想したのは、昔祖母が見せてくれたポストカードの写真の風景だった。祖母の故郷にある美しいエバーグリーンの明るい森。その場所を包むあたたかい陽差しの色を音にしたら、こんな感じに聞こえるのかもしれない。それからは、声を掛けられるのが、名前を呼ばれるのがうれしかった。

笑うとくしゃっとなる目元が好きだった。

やさしく触れる骨ばった長い指も、自分と同じように雨の日は飛び跳ねるくせ毛も。

「きれいな色だね」と瞳を覗き込まれるとドキドキした。

何もかも好きだった。初めて抱いた気持ちに夢中だった。

だから描いた。望まれるままに、ひたすら、ひたすら描いた。


「ネルちゃん！」

後ろから腕を引っ張られて、エレナは立ち止まった。

目の前すれすれを自転車が通りすぎる。はっとした瞬間、閉ざされていた感覚が一気に動き始めた。

ジングルベルや、呼び込みの声、賑やかな喧騒。いつのまにか雑踏の中にいた。大きなアーチ看板の文字が目に入る。『宿場町商店街』――確か駅の近くにある商店街だ。

「はあっ――もうこんな寒い中っ……薄着で飛び出すなよ！　ほら！」

通りの端に連れていかれ、智広が深緑のコートを着せてくれる。首には黒いマフラーをまかれた。すべてエレナの私物だ。

「あー久々に全力疾走したよー……。ネルちゃん、いきなり飛び出すから」

呼吸を整えた智広が、空に向かって大きく息を吐いた。

どうやってここまで来たのか覚えていない。

でも今さらながら震えるほど寒いことに気づいた。耳も手もかじかんで痛い。膝ががくがくして、胸が潰れそうなほど息も苦しかった。

「大丈夫？　寒いし戻ろう？」

智広に後ろから肩を押され、「いや！」と足を踏ん張った。

戻りたくない、思い出したくない、戻りたくない――。全身をぎゅっと縮めて、エレナは両手で頭を抱えた。

「――わかった」

少し間をおいたのち、「はい」と智広が目の前に手を差し出してきた。

「じゃあ、ちょっと散歩に行こう。付き合って欲しいところがあるんだ」

立ち上がらせたエレナの手を引いて、智広は歩き出した。足を向けたのは、店とは逆方向、今いる商店街の先だ。

散歩なんてする気分ではなかった。一人にして欲しかった。でも黙って足を運んでいるうちに、さっきまでぐちゃぐちゃだった気持ちは少しずつ落ち着いてきた。

なぜだろう。さっきはこの世の終わりが来たようだったのに。

智広が何も喋らないからだろうか。それとも繋いだ手が温かいからだろうか。

智広がくれたハンドクリームのおかげで、裁縫で荒れた手は前よりはましになった。それでもカサカサできれいな手ではないので、繋がれるのは恥ずかしい。でも溶け合う体温は心地よいものだった。

——ずっと追いかけてきてくれたんだよね……。

無我夢中で走る間、自分を呼ぶ声が後ろから聞こえていた気がする。

薄雲が広がる空に浮く冬の太陽の光は、儚く弱くどこか投げやりだ。その下を、わずかな温もりを分け合いながらひたすら歩く。どこまで行くのだろう、とぼんやり思っていると、やがて建物が途切れ河川敷に出た。

「春になると花壇のチューリップがきれいなんだけど、さすがに今は寒いね」

フード付きのブルゾンに首をうずめて、智広が身震いした。

堤防の下にはグラウンドが広がっている。その間に挟まれているのは、七色のブロックを敷き詰めた路面と花壇が交互に配置された広場だ。上から見ると大きな虹の形に見える。歩道にある『荒川千住新橋緑地』と書かれた案内板を見ると、『虹の広場』と表示があった。

人気もまばらな広場へ降りる。川に面したベンチの近くで智広は手を放した。

「ちょっと待ってて。自販機であったかい飲み物買ってくるから」

ベンチで待っていると、しばらくして智広が戻ってきた。蓋を緩めた紅茶のペットボトルを「はい」と渡される。

凍えた両手を温めながら「ありがとうございます」と小さな声で礼を言った。喉がカラカラだったので、ありがたく一口飲む。体にじわりとその熱が染みた。

「……ふ……っ」

涙がぽろり、と零れた。

凍《い》てつく風が濡れた頬を刺す。唇を噛んでこらえたが、止まらなかった。

「考え事があるとたまに来るんだ、ここ」

川面《かわも》を見つめたまま、智広がぽつりと言った。

「何もしないでぼーっと水の流れを眺めてるとさ、なんか落ち着くんだ。母さんが死んだ時もずっと座ってたな。これから一人で生きていくんだなーと思って。……実は白状すると、前に外出するって店を出た時もここにいたんだ。あの時はごめんね」

鼻までマフラーの中に引っ込めて、ずず、とエレナは洟《はな》をすすった。口を開いたら声を上げてしまいそうだった。

「内緒話していい？　ほんとはさ、店を引き継いだのは仕返しみたいなものだったんだ。広瀬への——義兄さんたちへの。ずっと見下されてきたからさ。親父の遺言にオレの名前があるって聞いて、思い通りにならないことがあるっていうことをあの人たちに見せつけるチャンスだと思った。三代目になる気はさらさらなかったんだけど」

智広がベンチを立ち、川の方へ近づいた。色あせた足元の草が乾いた音を立てる。

「オレ、バカな子どもだったんだよね。父親っていうのは、週に何度かしか帰ってこないものだと思ってた。朝起きたらいなくても、名字が違っても、会えない日があることも、普通だと思ってた。うまく隠し通したもんだよね。もし母さんが生きてたら、オレは今も知らなかったのかも」

ブラウンの柔らかそうな髪が川風に揺れる。

「母さんが死んだ後、親父にはずっと会ってなかった。頼る気はなかったし、信じる気にもなれなかった。連絡も徹底的に拒否したから、向こうも途中で諦めたしね。でも一度だけ大学の時、就活中にバッタリ会ってさ。オレがアパレル系に就職希望してるって知って、うちの会社に来ないかって言うんだ。は？　何言ってんだ、ふざけんな！」

川に向かって智広が叫んだ。エレナはビクリと肩を竦めた。

「――で、なんかもう、ムシャクシャしてさ。ゼミが一緒だった鳳生さんの誘いでホストになったんだ。その場限りのつきあいは楽だったし向いてた。でも深い関わりは避けた。同伴もアフターもなし。プレゼントももらわない。指名替えもご自由に。ホストクラブって、永久指名制度っていうのがあって一度指名すると変えられないシステムなんだけど、免除してもらった。それでもオレを選んでくれる女の子たちは大事にしてたつもりだったけど、離れていってもなんとも思わなかった」

寒空を仰いだ後、智広がくるっと振り向いた。ポケットに両手を入れてにっこり笑う。

「たぶん、オレどっか壊れてるんだよね。楽しいフリ、やさしいフリ、なんでもないフリ、そういうのしか出来ない。冷たいよね。前に『嘘つきなのか』って聞かれた時、見抜かれたのかなって思った。うまくやってきたんだよ。人の考えてることなんてだいたいわかるから。でもネルちゃんだけは、なんだかよくわからなくて」

ベンチの前まで智広が戻って来た。ぐずぐずのエレナを見下ろす。

「君はオレが今まで会った中で一番変な女の子だ。大人しくて簡単かと思えば、全然行動が読めない。裁縫のことになると人が変わって、自分の面倒も見られない。意外とガンコで一度決めたら諦めないし、一口お酒を飲んだだけで酒乱になる。今日だっていきなり全力疾走。こんなに振り回されたの初めてだよ」

智広がその場にしゃがみこんだ。下からエレナを覗き込む。

「優一郎くんのスーツはプレオーダーで城ケ滝さんが作るそうだ。新ブランドのメンズウエアのデザイナーとして起用するらしいよ」

それで壱哉がわざわざ連れて来たのだと智広が言う。

「聞いたよ。彼、ネルちゃんが通ってた専門学校のデザインコースの講師だったって。何があったの？」

「……たぶん信じてもらえません」

スカートの上でエレナはペットボトルを握りしめた。

「信じるよ」

「ウソだ。信じるフリ……でしょ？　さっき言った」

「フリじゃない。ネルちゃんの言うことは信じる」

淀《よど》みなく智広が言いきる。

ずっと胸にしまってきたことだ。誰にも話したことはない。でもそのまっすぐな眼差しを前に、強がるふりは出来そうもなかった。

「……私なんか相手にされないと思ってたんです」

海外のオートクチュールブランドでのアシスタント経験やファッションデザイン賞の入賞経験を持つ城ケ滝は、その際立った容姿と気さくでユニークな授業で人気講師だった。彼の周りはいつも学科内でも目立つおしゃれな女の子たちが取り巻いていて、自分には別の世界の人だと思っていた。

「でも、ある時私のデザイン画を気に入ってくれて……それから時々、見てもらうようになりました。他のみんなには内緒で」

最初はアドバイスをしてもらう程度だった。でも学校以外でも会うようになった。同じ目線で服やデザインのことを語れる相手が出来たのは祖母以外に初めてだった。落ち着いた大人である城ケ滝は魅力的で——気づいたら惹かれていた。

「……付き合ってたの？」

「……たぶん。数か月、先生のマンションで一緒に住んでました。学校は千葉で、家から通うのは遠いからうちに住めばって。おばあちゃんにも挨拶してくれました。才能があるから、面倒を見たいって。うれしかった。期待に応えたかったし、役に立ちたかった」

城ケ滝は自身のブランドを立ち上げたばかりだった。彼のアイディアを試作したり、一緒にショーを見に行ったり、毎日が楽しくて幸せだった。祖母の言う、『恋する人生』を送っているのだと思った。

「でも先生が留守の時に……パソコンに保存されていたコレクション用のデザインを見たんです。先生、自分のはあまり見せてくれなかったから。……全部私のでした。配色や細部は変えてあったけど……」

「盗作したってこと？」

「問いつめました。でも、おばあちゃんが体調崩して」

祖母とは毎日電話で話していたけれど、異変に気づけなかった。自分のことに夢中で。肺炎を起こして祖母は入院することになった。

「看病のために家に戻りました。でもなかなか熱が下がらなくて入院が長引いて……。その時知ったんです。おばあちゃん、私の学費のために色々無理してたこと。だから自分のことは二の次で。それで私……先生と取引した」

「取引？」

「デザインを売ったんです……全部。そう提案されて」

ただ、助けてくれると期待していた。でもそうじゃなくて。現実はもっと残酷だった。

「先生が私を側に置いたのは、デザインが欲しかったから。私が好きだからじゃなかった」

「じゃあ、『イリス』のデザインはネルちゃんのだってこと？　なんだよそれ……！　ていうか、なんで売ったりしたんだよ」

「お金が欲しかったんだもの！　おばあちゃん助けたくて。でも結局出来なかった。後悔した。でも決めたのは私だから、私が悪いんです」

城ケ滝はその後、コレクションを発表した。

祖母の葬儀の後、学校は辞めた。城ケ滝ともそれきりだった。あっけないほどに。

「それから新しい服を作るのが怖くなった。誰かが作った服を買うのも着るのも嫌になった。でもおばあちゃんが大切にしてきたもの、お裁縫を愛する気持ち——それだけはなくしたくなくて。だから逃げて引きこもりました。今はダメでも針の魔法を失わなければ、いつか——いつかまた素敵なことがある。その日がくるまで、信じて待とうって」

だから悲しい日も、うれしい日も愛していこう。おばあちゃんとの思い出と一緒に。からっぽにはならないように。

「ランタナへ来て、またお洋服が作れるようになって……うれしかった。すごくうれしかった。やっと、やっとその日が来た。もう一度やり直せる、そう思ったのに」

城ケ滝を一目見ただけで、過去を閉じ込めた箱の蓋は簡単に開いた。あの抜け殻のような日々がまた近づいてくる。

以前の自分を取り戻せると——そう思った。でも結局、またあの人に奪われてしまう。

「——ネルちゃんは悪くないよ」

ふいに体が温かいものに包まれた。智広に正面からぎゅっと抱きしめられる。

「何も悪くない。だから戻るな」

「……っ」

しゃくり上げた途端、一気に感情が溢れ出した。智広にぎゅっとしがみつく。

「しっかりしろよ。オレに言ったじゃん、歩き出してみませんかって。オレだって強くない。でもあの言葉で、ちょっと救われたんだ。人を引っ張り出してやる気にさせといて、逃げるのはナシだよ。責任とって一緒に歩いてよ。もう誰にも何も奪わせないから」

背中をさする手がやさしい。負けるな、強くなれ。そう聞こえてくる。

──偽物なんかじゃない。

冷たい人が全力で追ってくるわけがない。こんなに温かいわけがない。

辛いのは智広も同じだったはず。悲しくて、忘れたくて。でも誰にも言えずに、必死に、孤独に、嘘つきのふりをして、自分を守ってきたのだ。

『失敗したら解いてまた縫い直せばいいの。穴があいたら、それはもっと幸運ね。傷跡だって、時には素敵な模様になることもあるのよ』

──おばあちゃん、そうだね。

一人じゃない。自分も、智広も。だからきっと、もう一度前を向ける。

「帰ろう。オレたちの居場所に」

エレナが泣きやむのを待って、智広は離れた。

腫《は》れぼったい目をコートの袖で拭い、エレナは「はい」と頷いた。

さすがに寒かったので、帰りはタクシーを拾ってアザレア通り商店街まで戻った。

タクシーを降りて路地の手前まで来た時、織方から智広の携帯に着信があった。壱哉は呼び出しで社に戻ったが、店で城ケ滝が待っているという。

「ネルちゃんと話がしたくて残ったって。どうする？」

智広から心配そうな気配が伝わってくる。

城ケ滝は何を話したいのだろう。『イリス』はエレナのデザインがきっかけでブランド知名度が上がった。でもデザイン画は結果的に、エレナの意思で売り渡したものだ。

それをどう利用しようと何も言わないとあの時約束した。もう何の関係もないはず。

「まさか、またデザインをよこせとか」

「……いえ。あの時先生はスランプだったと思いますが、最近のコレクションを見る限りではもう抜け出したはずです。でも、会ってみます。今回の件かもしれない」

「だったらオレが話す。どうせ後で義兄さんが出てくる。ネルちゃんは関わらない方が」

「いえ……！　だからこそ巻き込んで下さい。まだ一人前の裁縫師とは言えないし、東条さんには認めてもらえないかもしれない。でも誇りを持ってやってきました。それに私だってランタナの一員です」

智広の言葉をエレナは全力で遮った。

壱哉が依頼を奪ったのは智広への敵愾心《てきがい》からだ。自分の力を誇示するためだ。きっと東条が望む立派なスーツは出来上がるだろう。でもそれは優一郎のためのものじゃない。

「向こうに宣戦布告することになるかもよ。後悔しない？」

「無理やり納得する方が後悔します。悠木さんは覚悟はありますか？」

勇気はもらった。もう前のように諦めることだけはしたくない。

「なかったらとっくに店を手放してるよ。親父のことは複雑すぎてまだ処理しきれない。でもなんでこの仕事が好きだったのかはわかってきた。オレ、今の自分わりと好きなんだよね。だから、人生一度くらいマジになってみるのもいいかなと思って」

智広の笑った顔はたくさん見てきた。でも本物だと感じたのはこれが初めてだった。

智広と並んで、エレナは路地へ向かって歩き出した。


店に戻って目に飛び込んできたのは、城ケ滝の胸倉を掴んでいる織方の姿だった。ヤクザだ。智広も一瞬フリーズしたようだ。

「……織方さん、何してんの」

エレナたちに気づくと「おう、戻ったか」と織方は顔だけこちらに向けた。

「この色男に色々と聞いてたんだよ。うちの娘っ子とどんな関係かってな」

——娘っ子って、私？

まさか自分が要因だとは思わなかった。でも明らかにものを尋ねる態度じゃない。

「ただの講師と生徒ですよ。彼女には時々アシスタントをしてもらっていましたが」

動じた様子もなく、城ケ滝はゆったりと笑みまで浮かべている。

余裕を崩さないところは昔のままだ。——そういうところをかっこいいと思っていた。

あの頃は。

「それであんな風に泣いて飛び出していくか。おい、人気デザイナーだか何だか知らんが、コイツに何かしたなら白状しろ」

「お、織方さん、大丈夫——大丈夫ですから、放してあげてください」

城ケ滝の首元をぐっと締め上げたのを見て、エレナは織方に駆け寄った。後ろから織方に抱きつく。

真っ先に怒られるのは自分だと思っていた。でも『家族』というナナの言葉を思い出す。

自分の居場所はここだ。はっきりと自覚する。ドアを開けるまで不安だった。でもそんな気持ちはどこかに飛んで行ってしまった。

「お、おう」と少し上擦《うわず》った声を上げ、織方が手の力を抜いた。ハイネックのセーターとジャケットの乱れを整えて、城ケ滝が何事もなかったかのようにエレナに微笑む。

「久しぶりだね。まさかここで再会するとは思ってもみなかったけど」

「……お久しぶりです」

織方から離れて身構えた時、智広が城ケ滝と自分の間に入った。

「お話があるそうですね。だったらまず、雇用主のオレが聞きますよ」

「……君が広瀬社長の弟さんか。話は色々と聞いているよ」

「オレもあなたのご活躍は存じておりますよ。色々と。それで？　新ブランドのメインデザイナーをされるというのはもうお聞きしました。他にお話とは？」

「僕が気に入らない？　誤解しないで欲しい。広瀬社長からオファーを受けただけで、東条様のことは何も知らなかったんだ」

城ケ滝が眉を下げる。

「ええ、あなたはオレたちの兄弟ゲンカに巻き込まれただけだ。でもそれでわざわざ足を運んできたわけではないでしょう。広瀬はあなたにオファーの際どんな条件を？」

「ふうん、鋭いね」

詰め寄る姿勢の智広に薄く微笑んだ後、城ケ滝は店内を見渡した。

「僕の専門チームの結成と、オーダーショップの設置。それで候補先の下見に来たんだ」

——下見……？

まさか、壱哉はこの場所を城ケ滝の店にしようというのか。

「やっぱりね、そんなことだろうと思った。でもあなたがここに興味を示すとはね」

「こういう隠れ家的なのもいいよね。今の流行りだ。もちろん内装は変えたいけど。それが実現したら日壁、ぜひ君にまたアシスタントを頼みたい」

「……え？」

「――おい、ふざけんなよ」

呆気にとられたエレナの前で、智広が城ケ滝に詰め寄った。

「あんたどんだけクズなんだよ。前に自分が何したかもう忘れたのか？　利用するだけして放り出したくせに」

「何のことかな。ただ僕は優秀な人材が欲しいだけだよ。僕が出会った中では彼女が一番才能があるし、僕の仕事もよく理解してくれていた。教え子として目はかけてたんだ。途中で退学してしまったのは残念だったけど、また昔のように、と思って」

昔のように。背筋を過去の出来事が伝い落ちていく。

ほんの少しでも、城ケ滝は過去へ後味の悪さを感じているのではないかと思っていた。

でもこの人は悔やんだりしていない。否定する気もない。エレナにとって悲しくても幸せだった思い出も、穏やかに細めたその目の中にはかすかにも残っていない。自分が見ていたエバーグリーンの森は、ただの幻だった。

「あんたなぁ……！」

掴みかかろうとした智広の腕をエレナは両手で掴んだ。

「――冗談じゃないです」

その腕を支えにして、重く声を吐く。

「あなたのところには戻らないし、このお店も渡さない。――だから勝負して下さい」

は？という声が三人分上がった。

「私と、私たちと勝負して。どちらが優一郎くんにふさわしいスーツを作れるか」

「勝負？いきなり何を言ってるんだ？僕とデザイン対決でもしようっていうの？」

「あなたはお洋服を愛してない。そんな人に優一郎くんは笑顔に出来ないから」

城ケ滝の頭にあるのは、いつだって利益や自己欲やプライドだけなのだ。壱哉と同じ。そのためなら人の心を利用しても、何を奪っても構わないと思っている。

「笑顔？ははは、君は変わらないね。お裁縫が大好きな無邪気な女の子のままだ。君が目指すのは……何だっけ、着る人を幸せにする服？夢を見るのはいいことだよ。でも結局服は消耗品だ。どれだけ商品や企画に落とし込んで形にしてもすぐに消えて忘れられていく。甘い考えと意地だけでプロと張り合おうとしない方がいい。恥をかくだけだ」

エレナに向かって、城ケ滝が嘲《あざけ》るように口角を歪《ゆが》めた。見えないポケットにはきれいなものばかり入っているわけじゃない。染みのように広がる昏い笑みをエレナは黙って見つめた。

「いいじゃねえか、城ケ滝さんよ」後ろにいる織方が焚《た》き付けるように言った。「うちはあんたの言うその甘い考えで何十年もやってきた夢見る仕立屋だ。たかが一着の服に毎回バカみてえに心を込めてな。勝つ自信があるんだろ？　なら別に拒否する理由はないよな。こっちは受けて立つぜ。なあ、オーナー？」

「――ええ、もちろん」智広が即答した。

「こういうのはどうですか？　あなたが勝ったらオレはこの店を義兄に譲ります。改装でも何でも好きにすればいい。あんたが過去にしたことも全部チャラでいい」

「脅しのように聞こえるね。彼女が何を言ったか知らないけど、僕にやましいことは何もないよ」

「そうかな？　あんた、色々ありそうだ。オレ、マスコミ方面にも知り合い多いんだよね。困るんじゃないの？　ほじくり返されたくないことの一つや二つ、人にはあると思うし」

城ケ滝の眦《まなじり》がかすかにピクリと動く。それから間を置いて「……いいよ」とやや投げやりに言った。

「ではこちらが勝ったら手を引いて、二度と彼女に関わらないで欲しい。期限とか条件はそっちで設定して構わない。義兄さんにはあなたから提案して下さい。その方がスムーズでしょうし。まああの人のことだから、嬉々として乗ってきそうだけど」

「いいだろう。広瀬社長に伝えるよ。東条様にも話はつけておく。——ではまた後日」

脇をすり抜けて店を出て行った城ケ滝は、エレナに目もくれなかった。

これで終わるのだと直感した。もうすぐ一つの区切りが来るのだと。

でも不思議と辛くはなかった。ただ物語のページがあとわずかになった時のような、少し物寂しい気分が胸を掠める。

「ネルちゃん。オレは信じてるから。思いっきりやっていいよ」

俯きかけた時、智広の声が耳を打った。上から不敵な笑みが降ってくる。

——一緒に、強くなるんだ。

絶対に、失わせるものか。智広の袖を掴む手にエレナは強い決意を込めた。


「智広に内緒でちょっと残れ。話がある」

織方からそう耳打ちされたのは、その日の閉店作業中だった。

城ケ滝との過去については「洗いざらい話せ」と織方に凄《すご》まれたため、智広がカフェの客を相手している間にアトリエですべて話した。

「ふざけてやがる」「くそヤロウめ」と織方は城ケ滝を罵っていたが、次第に「お前は単純すぎる」「男を見る目がない」とエレナに糾弾の矛先が向き、最終的に「今後は男にホイホイついていくんじゃねえ。まずは俺を通せ」と約束させられた。

――話ってなんだろう……。まさかさっきの続きじゃないよね？

織方が本気で心配してくれているのがわかったので、怒られてもうれしかった。父親がいたらこんな感じなのかなと想像して。でもお説教はもう勘弁して欲しい。

「家まで車で送ろうか」と気遣う智広には、織方と少し打合せをしたいと言って先に帰ってもらった。

内心ドキドキしながらアトリエで待っていると、仮眠室から「こっちだ」と織方に呼ばれた。織方は物置だと言った例のあかずの間のドアをくぐっていく。エレナも後へ続く。

「え……!?」

中に足を踏み入れて、目を瞠った。

そこは物置ではなく、四畳ほどの広さの衣裳部屋だった。奥の壁際には扉のないクローゼットがあり、たくさんのスーツや靴、ネクタイなどが納められている。

「全部二代目の私物だ。俺が仕立てたものもあるがな。これも智広への遺産だ」

「悠木さんに……継承してもらうために？」

「ああ。まだ智広には見せてねえけどな」

部屋の中央に立っている立体物のカバーを織方がはずす。その下にあったのは袖のない未完成のジャケットだ。まだ仮縫いの状態でしつけ糸がついたままである。

「わあ、きれいなハ刺し……！」

びっしりと縫い目が並んでいる下襟《ラペル》にエレナの目は吸い寄せられた。

ハ刺しはその名の通り、縫い目がカタカナのハの字の形をしている。下襟の生地と補強のために入れる芯地を縫い合わせる時に用いる手縫いの方法だ。下襟のカーブやロールを美しく表現するのに欠かせない処理である。

均一で美しい手ハ刺しだ。時間をかけて丁寧に施したのが一目でわかる。

「二代目の最後の仕事だ。智広のスーツだよ。……完成する前に逝っちまったがな」

はっとしてエレナは織方を振り向いた。

「俺が時々智広と会ってた時にサイズはおおまかに確認してたな。仕事の合間にコツコツ始めてたんだ。俺もうまく整理がついてなかったからよ。ずっとこの中に置きっぱなしだった。でもこのままにはしておけねえなと思ってよ」

「……素晴らしい生地ですね」

トルソーに向き直り、エレナはそっとジャケットに触れた。

深海を思わせる気高いダークブルーと、柔らかな光沢。手触りも極上だ。智広を思い浮かべながら時間をかけて選んだのだろう。

「智広はずっとオヤジに裏切られたと思ってる。けどな、家族がいて、でも本気で愛しちまった相手が他に出来て、子どもまで儲けて……本当はオヤジだってさんざん葛藤したはずだ。でもいつか和解して、智広がこれを着てくれるのを夢見てたんだろう」

きっと完成させたかっただろう。ポールハンガーに掛けてあるスラックスも縫製途中で、他のパーツも小さな作業台の上に並べてあった。

「――悠木さんは、お父さんに愛されていたんですね」

トルソー越しにやさしい人影が見える。

いつか一緒に店に立つ姿を思い描きながらこの布地を広げただろうか。会える日を待ちわびて鋏を入れ、針を刺しただろうか。

このジャケットには今はもう伝えられない思いが宿っている。切なさが胸に込み上げた。

「当たり前だ。そうじゃなきゃ、一番大事な場所をアイツに遺さねえよ」

少ししんみりした調子で、織方がフンと鼻を鳴らす。

「憎んでるポーズを決めこんじゃいるが、智広もわかってるはずだ。ここが自分にとっても忘れられねえ場所だってよ。小さい頃はよくアトリエでずっとオヤジの仕事ぶりを見てた。『いつかお父さんみたいな仕立屋になる』ってな」

「悠木さんが？」

「ああ。大学卒業後はアパレルの仕事してえって言ってたしな。それを伝えた時のオヤジは心底うれしそうだった。それを意地張って、当てつけみてぇに母親と同じ水商売に——。恨むのは仕方ねえが、結局一度すらオヤジとまともに話そうとしなかった」

「……じゃあ悠木さんは何も知らないんですね」

会えない間、父親がどんな思いでいたのか。

壁際に物言わず整然と並ぶ先代の持ち物を見渡した時、エレナはふと既視感に捉われた。目に留まった一足の革靴を「あっ」と指差す。

「あの靴——織方さん、あれも先代のですか？」

飴色で爪先のデザインはパンチドキャップトゥ。色も形も智広の革靴とそっくりだ。

「ああ、その様子だとお前さんも気づいたか。智広も同じやつを履いてるだろう」

「同じ靴なんですか？　悠木さんの後輩が言ってました。イギリスに旅行に行った時に買ったものらしくて、あれだけは譲ってくれないって」

「……そうか。あれはオヤジのお気に入りでな。ここにあるのは三代目か四代目だ。オーダー品だから日本では手に入らない。まあ、偶然じゃねえよな」

「――もしかして、あの靴を買うためにイギリスに……？

――そっか。このお店は悠木さんのポケットなんだ……」

小さな部屋の中をエレナは改めて見渡した。

智広は色んなスタイルの服を着る。全部値の張るブランドもの。でも仕立屋のオーナーのくせに仕立て服は着ない。たぶん意識的に。

それなのに嫌っていたはずの父親と同じ靴を履く。そんな理由は一つしかない。ここは――この店は、きっと本当の智広がひっそりと隠れている場所なのだ。

「織方さん、このままにはしておけないってさっき言いましたよね？　このスーツ、完成させるんですか？」

「ああ、オヤジが残した設計図がちゃんとあるからな。智広が着るかどうかはわからねえが、アイツも継ぐ覚悟を決めたなら、そろそろ向き合うべきだ」

織方はずっと先代の傍にいた。彼の代わりに智広と会ってその様子を伝えながら、ずっと願ってきただろう。いつか思いが届くようにと。織方もきっと、前に進みたいのだ。

「悠木さんは三代目になる気はなかったと言ってた。でも今は違うと思うんです。私に一緒に歩くって言ってくれた。今の自分が好きだって。まだ遅くない。教えてあげましょう、お父さんの気持ち。それがランタナの裁縫師の役割です」

「──いいツラんなってきたじゃねえか。でもお前も手伝えよ。ただし、あの男に勝つのが前提だ。この店がなくなっちまったら、完成させても意味がねえからな」

「はい、もちろんです」

智広は自分に賭けてくれた。信じると言ってくれた。今度は自分が助ける番だ。

『期日は十日。判定人は依頼人の東条さんとご子息にお願いする。その場で依頼人にはオーダーを決めてもらい、選ばれた方を勝者とする』

城ケ滝に対決を申し込んだ翌日、壱哉から直々に智広へ連絡が入った。

一着ずつサンプルを制作し、十日後、クリスマスの日に発表する。場所はランタナだ。

智広の予想通り壱哉は上機嫌で即諾したそうだ。東条に話を通して了承を得てくれた上、エレナたちが使用する材料もすべて提供してくれるという。次男の瑶二もサポートで城ケ滝のチームに参加するらしい。

「うーん……」

アトリエの床の上にぺったりと座り、エレナは子ども用のジャケットと向き合っていた。芯地を入れ、大まかに縫い合わせてある。仕事の合間に織方とここまで進めた。

「おばあちゃん……本当にこれでいいと思う？」

その隣に立つ、祖母の形見のトルソーにエレナは問いかける。

東条の許可が下りたので、再び優一郎のカウンセリングが出来ることになった。

けれど優一郎は相変わらず難攻不落だ。智広があの手この手で気を引こうとしても笑顔は見せてくれず、長いまつげに縁どられた大きな瞳を伏せて、じっと耐えるように座っているばかりだった。

襟先が丸いクローバーリーフカラーが特徴のジャケットは、優一郎の柔らかいイメージに合わせた。

エレナが描いたデザイン画を見せて、気に入ったものを選んでもらった。なんとかそこまでは辿り着いたのだけれど――それが優一郎の本心だという確信が持てないでいる。

――クリスマスまであと二日……。

城ケ滝の方はもうほぼ完成しているらしい。智広がフィロストファ内部の情報提供者――たぶん女性――から聞いたそうだ。

期日はすぐそこまで迫っている。サンプル用だから、後は本縫いするだけだ。でも次の作業に取りかかるべきか迷っていた。

「おーい、ネル子。円佳が差し入れ持って来てくれたから、お茶にするぞー」

織方が来たら相談しようと決めた時、アトリエのドアがバン、と開いてナナが入ってきた。この真冬にデニムのミニスカートに素足という刺激的な格好だ。

「あ、ナナさんいらっしゃい。円佳くんも来てくれたんですか？」

そういえば、また姉のところに泊まりに行くからお店を訪ねるとメールが来ていた。もう学校は冬休みなのだ。

「おー、後タクミさんな」

「タクミさんて……鳳生さんですか？　そうだ、スーツの納品だ」

智広は今日から三日間を店休日にした。「店は好きに使っていいから」と言われたので朝からやって来たところ、出がけ前の智広から鳳生のことを頼まれたのだ。

ナナと店内へ出ると、「あ、ネルさん！」と暖かそうなモコモコのボアジャケットを着た円佳が慌てた様子で駆け寄ってきた。

「大丈夫!?　なんかお店を賭けて人気デザイナーと対決するってナナさんから聞いて」

「うんそうなんだ。円佳くん、それで心配してきてくれたの？　ありがとう〜」

のほほんとお礼を言いつつカフェエリアを見ると、カウンターに寄り掛かっていたグレーのスリーピーススーツ姿のやたら足の長いイケメンが片手を上げた。

「やあ、久しぶり」

「こんにちは」とお辞儀をすると、円佳が「ネ、ネルさん」と小声で囁いてきた。

「あの人どこの王様……!?　が、顔面破壊力強すぎて直視出来ないんだけど」

「あはは、悠木さんの先輩でホストの鳳生さんだよ。しいて言えば歌舞伎町の王様かなぁ。前にホストクラブを貸し切りにした話したでしょ。その時に助けてもらったんだ」

「……最近ネルさんの周りってどうなってるの？　異世界の住人になっちゃったの？」

　前髪の下で円佳の目が白黒しているのが想像できる。

　ナナと円佳がお茶の準備をする間に、鳳生に商品を引き渡した。店が再開した後に智広を通してオーダーしてくれたスーツ一式だ。

「遅くなりましたが、ご注文頂きありがとうございました」

「こっちのスケジュールが合わなかったせいだから気にしないで。急いでなかったし」

　カバーを開けて中身を確認し、「いいね」と鳳生が頷く。

　細番手の糸で織りあげた艶《あで》やかな生地を使ったブラックスーツ。ランタナのハウススタイルである英国式をベースに、と頼まれた。

「あの、今回は私に任せて頂いてありがとうございました。勉強になりました」

　紳士服の経験のないエレナを鳳生は指名してくれたのだ。店の五周年記念のお祝いの時に着るスーツだという。

織方に罵倒され、泣きべそをかいて作業した日々が懐かしい。涙の痕が残っていなければいいが。

「ふふ。こちらこそ、エレナちゃんの最初の男になれて光栄です。なんて言ったら智広に睨まれそうだな」

「ごっ誤解を招く言い方は……。あの、すみません。悠木さんから渡せなくて」

「留守なのは聞いてるから大丈夫。それにエレナちゃんにお願いがあったからさ」

「お願い？　……私に？」

鳳生を見上げると、甘い香りがふわりと降りてきてドキッとした。

「そう。智広のこと、頼むね。アイツすぐ一人になろうとするから。家のことは智広からある程度聞いてたし、親父さんの跡を継ぐのも本気じゃないと思ってたんだ。でも、今の智広は楽しそうでさ。だからこの店、一緒に守ってやって」

――鳳生さんも、悠木さんを大切に思ってるんだな……。

智広から今回の件のことを鳳生は聞いているのかもしれない。

彼に夢中な女の子たちが見たら嫉妬しそうなやさしい顔だ。クールで少し冷たい印象だったが、半分血の繋がった兄弟よりもよほど思いやり深い。

「はい、守りますよ。ここは悠木さんにとっても私にとっても必要な場所だから」

「頼もしいね。君ってなんだか不思議な子だよね。なんで智広が気にかけるのかな」

「え？」

「基本的にアイツは他人に興味示さないんだけど、君のことは別みたいだから」

「はあ……捨てリスのようで放っておけないと言ってましたが」

「ははは、なるほどね。まあ、アイツも成長したんだな」

なぜか思いきり笑い飛ばして鳳生が帰った後カウンターに行くと、円佳がお土産に買ってきてくれたブッシュドノエルが切り分けられていた。

クリスマスっぽい。北千住の駅ビルのデパ地下で買ってきたらしい。

「……ネルさん、ほんとに変わったよね」

デイジーのマグカップでホットミルクを飲んでいると、隣でケーキをフォークでつつきながら円佳が言った。鳳生との会話を聞いていたようだ。

「前のネルさんだったら、自分の世界に逃げてたと思う。誰かと勝負するなんて、絶対あり得なかった。あのさ、三年間引きこもってた理由って……聞かないようにしてたけど、乗り越えられたんだよね？　あの時悠木さんが来てくれて……なんか、よかったね」

円佳が、そばかすの浮いた鼻を指で掻く。

「――あのね、きっかけは円佳くんだったんだよ」

コトリ、とカップをカウンターに置く。そういえば円佳はお説教はしても、エレナが外に出ない理由を一度も尋ねたことはなかった。

「おばあちゃんがいなくなった後『お店再開して下さい。ここが好きなんです』って、円佳くんが来てくれたでしょう。あの言葉のおかげで私、立ち上がれたの。からっぽにならずにすんだの。だから……今があるんだよ」

人形を抱えてデイジー愛を語る小さな少年は、無気力だったエレナに元気をくれた。同じように祖母が遺したものを大切に思ってくれる人がいることは、大きな支えだった。

「ふうん。円佳はネル子にとって恩人なんだな」

ナナはカウンターの中でカフェオレを飲んでいる。

「うん、すごく力をもらったよ。ありがとう。あの、円佳くん、ナナさん、今回の勝負が終わったら、昔のこと聞いてもらってもいい？　と……友達には、話しておきたいから」

きっと全部終わった頃には、今よりもちゃんと『思い出』の一つに出来るはず。

「おう」とナナが鷹揚に頷く。「うん、もちろん」と円佳も分厚い前髪を揺らした。

「ネル子、助けが必要ならいつでも呼べよ！　これでもアイロンワークなら手伝えるぞ。熟練とはいかねーけど、くせ取りなんかは織方に仕込まれたからな」

「えっナナさんが？」

ナナはいずれクリーニング屋を継ぐつもりだと聞いて驚く。十代の頃から、父親や織方に時々技を伝授してもらっているという。

――絶対頑張らないと……！

まずは栄養補給、とブッシュドノエルを大きく切って頬張った時「ネルちゃんいる!?」と声が飛び込んで来た。

「今からインタビューに行くよ！」

「はひ？」と振り返ると、智広の端整な顔が目の前にあった。

「優一郎くんの件、情報提供してくれる人がいるんだ」

誰に会うかも教えられないまま連れていかれたのは恵比寿だった。駅ビルの中にあるカフェで待ち合わせだという。

商業ビルや駅前でよく見かける海外のコーヒーチェーン店は、平日の昼間でもそこそこ混雑している。スマホを操作しながら智広は奥へ進んでいく。立ち止まったのは、一人の女性客がいるテーブルの前だった。

「失礼ですが、東条優華《ゆか》さんですか？」

同じようにスマホを手にしている女性が立ち上がった。二十歳くらいに見える、ストレートのロングヘアの清楚系の美人である。

「はい。悠木さん……ですよね？　はじめまして、優一郎の姉の優華です」

「えっ、優一郎くんのお姉さん？」

会釈した美人を、エレナは見つめた。面差しは優一郎とよく似ている。

「東条さんの奥様にこっそり連絡をつけてもらったんだ。優一郎くんと仲がいいと聞いて」

――なるほど……。

優一郎をよく知る人物へのアプローチに切り替えたというわけだ。

智広が全員分の飲み物を買って戻ってきた後、お互いに軽く自己紹介をした。

優華は都内の女子大の二年生で、目白で一人暮らし中。落ち合う場所が恵比寿だったのは、アルバイト先がこの近くだからだという。

「優ちゃんの服を作るのに、好きなものが知りたいんですよね？　でも……最近ずっと会ってなくて」

学校とバイトで忙しく自分のことで精一杯だったと優華が話す。学費は実家に頼るしかないが、生活費と家賃は自分で賄うと決めたからだという。

「優華さんは家を出られてからも優一郎くんと連絡を取っているとか」

「ええ。父のことは知ってるんですよね？　融通が利かなくて厳しい人なので、やさしくて繊細な優ちゃんが心配で。うちは父の絶対君主制なんです。何をするにも父の許可が必要で。でもたいてい全部勝手に決められちゃう。選択権なんてこちらにはないんです」

「それが家を出た理由？」

「はい。とにかくなんでも勝手に決めるし命令するんだもの。女らしい振る舞いをしろ、品のいい友達と付き合え……。でも直接の理由は、父が選んだ相手とお見合いしろと言われたことです。私まだ学生ですよ？　将来やりたいことだってあるのに――。女は条件の揃った相手に嫁《とつ》いで家庭に入るのが一番幸せだって。時代錯誤もいいところですよ。もう限界にきて、溜まりに溜まった不平不満をぜーんぶぶちまけて、出てきてやりました！」

カフェラテをビールのように呷って、優華がカップをタン！　と置いた。

儚そうな見かけのわりに勇ましい性格のようだ。父と娘の壮絶な修羅場を想像しながら、エレナもほんのり甘いティーラテを飲む。

「お父上は独自のこだわりがあるようですね。奥様から、叩き上げで重役クラスの地位を得たとお聞きしました。八千草ほどの大企業だと内部の派閥争いも苛烈だとか。その中で出世コースを勝ち取った」

「父は子ども時代実家が事業に失敗して苦労したらしくて、成功することに強い執着があったみたいで。だから地位やお金があれば幸せだと思っているんですよ。大きな家に住んで、いい暮らしをする。それが父の理想なんです。裕福さで幸せは決まらないのに」

ふう、と重いため息とともに優華が肩を沈める。

「私が小さい頃はもっと家族思いだったんですよ。でも出世するのに夢中になってからは仕事ばかりで。優ちゃんは怖い父しか知らないんです。遊んでもらったこともないと思います。『跡取り』だからと躾にも厳しくて……好きなおもちゃまで取り上げて」

「おもちゃ——あの、優華さんはこの飛行機の模型のことをご存じですか？　優一郎くんの宝物らしいですが」

エレナの隣に座る智広が、写真を表示させたスマホを優華の方へ向けた。

「ええ。これは父が与えたものです。優ちゃんの大事なぬいぐるみの代わりに」

「ぬいぐるみ？」

「ずっと大切にしていたうさぎのぬいぐるみです。でも父が『男らしくない』と取り上げて。……優ちゃん、これを宝物だって言ったんですか？　一度も遊んだことないのに」

優華の顔色が曇る。

「あの子本当は、おとぎ話の本とかお人形の方が好きなんです。でも隠してる。父の言う通りにならないといけないと思って。——そうだ。母からこれが送られてきたんです。父が優ちゃんの部屋から見つけたらしくて」

テーブルの下から優華が取り出した紙袋には、赤いコートが入っていた。

「あれ？　優一郎くんが着てたコートですよね」

「やっぱり。これ、私が子どもの時のお気に入りだったんです。少し前に母がバザーに出すものを探していた時に見つけたんですけど、優ちゃんが持ってたみたいで」

出品用のダンボール箱に入れた後消えてしまい、不思議に思っていたのだという。

「優ちゃん、父に取り上げられて泣いてたみたいなんです。母は思うところがあったようで、私に内緒で預かって欲しいって。それからコートのポケットにこれが」

優華がテーブルにひも状のリボンを置いた。柔らかなシフォン生地で出来たピンク色のレースリボンである。

「悠木さんがお菓子を渡した時の……。優一郎くんは、これを拾ったんですね」

まるでとられまいとするように隠していたのをエレナは思い出す。ただのラッピング用のリボンを、優一郎は必死で守ろうとしていた。

「うちの優ちゃん、かわいいでしょう？　きっとこのコートも似合うはず。……好きなものを自分で決めて何が悪いんですかね。私たちは父の持ち物や人形じゃないのに」

どこか遠くを見るような目をして、優華がコートをやさしい手つきで撫でる。

――やっぱり、優一郎くんは嘘をついたんだ。

だから俯いて目を逸らしていたのだ。

本当の優一郎が見えてくる。ピカピカの飛行機の向こうで、床にレースのリボンが落ちていく――小さなため息とともに。

「――悠木さん」

「ん？」

「また私のお世話、お願いしてもいいですか？」

智広は一瞬まずいものを見たように顔をしかめたが、やがて苦笑気味に「オーケー」と言った。


二日後、クリスマス当日。

午前十時に、東条と優一郎を伴って城ケ滝と壱哉、瑶二がランタナに到着した。

「なんだこりゃ。ひでえ有様だな」

乱雑に散らかった店内を見て、まず第一声を放ったのは瑶二だった。

「すみません。ちょっと近所の猫が侵入してしまったようで」

伸びきった生地を巻き直しながら、智広が即興で用意した言い訳をする。

──ノラ子さん、ごめんなさい……。私の身代わりに。

近所の猫といえばエレナを導いてくれた黒猫しかいない。心の中で謝罪する。

サンプルは夜中に完成したが、その時には店内はもっとひどい状態だった。

いわゆる『ゾーン』的なものに入ると毎回こうなので織方も智広も理解を示してくれているが、本当なら朝までに片付いているはずだったのだ。

昨晩はエレナは仮眠室に泊まった。終電の時間は過ぎていたし、閉店後に織方とこっそり取り掛かっていた智広のスーツが仕上げの段階まできていたからだ。

「私が片付けておきますから」と二人には胸を張ったのに、なぜこうなったか。

作業を終えた後、智広が夜食に置いていったおにぎりを食べながら寝落ちしたからだ。

ごはんつぶを口元につけたまま。今朝まで床で爆睡してしまったのだ。

ノラ子への罪悪感と、織方の舌打ちに追い詰められながらエレナは片付けに励む。

壱哉たちには初めての光景なので驚くのも無理はない。知っている城ケ滝だけ、かすかに苦笑いを口元に刻んだのが見えた。

「おい、そちらから勝負を仕掛けておいて待たせるのか。東条さんはお忙しい身だ。私も昼過ぎに大事な来客がある。早く始めさせてもらいたいのだが」

「すぐに済みます。その間お茶でもいかがですか。とっておきの茶葉をご用意していますので」

「いらん。おれたちは先に準備をする。こちらが先攻で構わないな？」

サングラスを外した瑶二が、付き添いのスタッフに荷物を運び入れるよう指示した。

アトリエに不用品を押し込んで戻ってくると、城ケ滝と目が合った。余裕を示すような薄い笑みを口元に刷《は》き、先に視線を外す。

「ネルちゃんもこっちに来てお茶飲んだら？」

ぎゅっと唇を結んだ時、智広に呼ばれた。カウンターには東条と優一郎が座っている。

この状況で、しかもお客様と同席してお茶？　と訝《いぶか》しんだが、ちょうど喉の渇きを覚えたタイミングだったので、手招きされるままエレナは東条の二つ隣の椅子に座った。

「さまになっているな。ホストというのはお茶の淹れ方も学ぶのか」

慣れた手つきで紅茶をサーブする智広を東条は眺めている。査定するような目つきだ。

「いいえ、独学ですよ。趣味みたいなもので。優一郎くんははちみつ入りのミルクティーにしたよ。それからジンジャーブレッドマン。イギリスのクリスマスのお菓子なんだ」

ミルクティーと一緒に、智広が人形《ひとがた》をしたクッキーが載ったプレートを優一郎の前に置いた。ツリーに飾るオーナメントのような天使のアイシングがしてある。

優一郎は興味深そうに首を伸ばしかけたが、すぐにリアクションを引っ込めた。父親の反応を気にしたのだろう。やっぱり元気がなく沈んだ顔をしている。

「温かいうちにどうぞ」

「ああ、頂こう。——ん？　香りがいいな」

勧められるままカップを口元へ運んだ東条が呟いた。

「ドアーズのオータムナル。ドアーズは香りも風味も控えめな紅茶ですが、秋摘みのものは大輪のバラのようなふくよかな香りが特徴です。以前同じものをお出しして、東条様がお気に召されたと型紙に書き残されていました」

「型紙？　ああ、確かに先代が淹れてくれたな。この香りは覚えている」

「ドアーズは日本の市場にはなかなか出回らない茶葉で、秋摘みはとくに希少なんです。入手には少々苦労しました」

——ほんとだ、いい香り……。

香りを吸い込むと、張りつめた糸が緩んだように肩から力が抜けた。どうやらひどく緊張していたようだ。智広はそれに気づいてエレナにお茶を勧めたのだろうか。

智広のスラックスの裾に縫い付けた『クツズレ』のことを、ふとエレナは思い出した。靴との摩擦や擦り切れを防ぐため、スラックスの裾の後ろの内側には補強用の布が縫いつけてある。裾をじっくり見ない限りは気づかないような小さなパーツだ。

見えないところで、ダメージから服を守っている。智広の気配りも必要な時にそこにあって、さりげなく支えられている気がする。

「わざわざ今日のために探したのか」

「お客様に少しでも心地よくお過ごし頂けるよう努力を尽くすのは、僕の役割ですから」

「ああ、君は職人ではないからか。疑問なんだが、なぜ三代目になろうと？　君には向いていないのではないか？　専門職ならば知識や技術はもちろん、長年の努力や経験が物を言う。見目の良さや肩書きを身につけただけで父上のように他人の信頼を得られるというものではない。器にふさわしい中身も培わなくては作るものも二流、三流になる」

「あ、あの！　見た目だけで決めつけないで下さい」

カチンときて、東条に向かってエレナは啖呵《たんか》を切った。

「ホストだったからとか、女だとか、それだけで人は正しく測れません。偏った見方です。そうやって優一郎くんのこともいつも決めつけてるんでしょ」

「何？　優一郎《この子》がなんだと――」

「東条様。僕については義兄から聞いた通りです。人格も店主としても父に及ばないというのは自分でも自覚しています。でも僕は父とは違ったやり方でこの店の伝統を守っていくつもりです。僕は、僕なので。今回はもう一度チャンスを下さったこと感謝しております。ですが我々を判断するのは、作品をご覧になってからにして頂きたいです」

東条の口に蓋をするように、智広が言葉を被せた。にこやかだが目が笑っていない。

「ずいぶん自信がありそうだな。――まあいいだろう、そうするとしよう」

ちょうど城ケ滝たちの準備が整ったため、東条はいったん拳を下ろした。カウンターから移動する。

城ケ滝が用意したのは、三着の黒のフォーマルウエアだった。

――え、一着じゃないの？

一着はセレモニー向きのショート丈の黒のモーニングコートと黒とグレーのストライプ柄のショートパンツ、二着目はディナー用の蝶ネクタイの黒のタキシード風、もう一着はグレーベストのスリーピースだ。

どれも伝統的な形を保ちながら、堅苦しくなりすぎないよう現代的にアレンジを利かせている。形の整った正統派のデザインを好む城ケ滝らしい。東条の意向や好みを確実に投影した作品である。

確かに数に決まりはなかったが、並んだ三体のサンプルを見てエレナは背筋がヒヤリとした。騙《だま》された気分だ。説明する城ケ滝のそばで、壱哉たちがニヤリと笑った。

「ご依頼品は晩餐《ばんさん》用でしたが、今後は東条様に同行される機会も多くなると想定し、複数のデザインをご用意しました。実際は襟を付け替えてスタイルを変えられる仕様で、上着は一着です。ベストと下衣はそれぞれジャケットに合わせてお作りします」

「なるほど、あらゆる場面で応用できるな。デザインも洗練されていてフォーマルには最適だ。すぐに商品化したいくらいですよ、城ケ滝さん。キッズ用のオーダーというのも、本格的に検討してみよう」

城ケ滝のサンプルに壱哉がわざとらしく大げさに感心する。

「東条様、合わせるタイやピンなどのアクセサリー類は、弊社の製品をサービスでご用意させて頂きますよ。新ブランドには私もデザイナーとして参加しますので」

瑶二が便乗してアピールを始めた。自身がプロデュースするアクセサリーブランドを持っているため、今回は小物類のデザインを担当するようだ。さりげなくこちらを見て勝ち誇った表情を浮かべる瑶二に、智広が「目立ちたがりめ」とぼそりと毒づいた。

「素晴らしい出来だな。優一郎を連れていくのは毎年招いて頂いている内輪の新年祝賀会だが、国内外の有名企業などのご子息ご息女も参加する盛大な集まりだ。装いには最大限気を使う必要がある。どうだ、優一郎」

父親に感想を聞かれ、優一郎がじっとサンプルに目を向けぽそっと言った。

「……かっこいい、です」

「ありがとうございます。お坊ちゃまにもお気に召して頂けたらしい。東条様、ぜひとも私どもの新オーダーシステムをご利用下さい。最新のデジタル技術を導入しておりますので、カウンセリングや採寸も短時間でスムーズですし、自社工場縫製ですから短納期でお渡し可能です。もちろん品質は保証しますよ。オーダーメイドはハンド率の高さが仕上がりを決めるわけではなく、いかに正確な仕事が最後まで出来るかが重要です。最高の腕を持った職人チームが対応しますのでご心配には及びません」

「せっかくなら新しい生地でお作りになってはいかがです？　当社は前身が生地問屋ですので、海外にも広いネットワークがありましてね。オリジナルから世界中の有名メーカーのものまで幅広く取り扱っておりますし、卸値でご提供出来ます」

すっかり勝った気で壱哉と瑶二は東条と交渉を始めている。その隣で所在なげに佇む優一郎はとてもお気に召した様子ではないのに、誰も気づかない。

「広瀬社長。話を進めるには気が早いですよ。あちらの作品も拝見しましょう」

先走る壱哉たちを止めたのは城ケ滝だった。どうぞ、というように目で促してくる。

織方がランタナ側のサンプルを運んできた。

——大丈夫、いつも通りに。

もう下を向いておどおどしない。自分の、自分たちの『針の魔法』をただ信じるのだ。

「当店がご用意したのはこちらになります」

智広が紹介した後、店内が一瞬シン、と静まった。

「はは、女物みたいなデザインじゃないか」

「……織方さんがいるなら多少まともなものが出てくると思ったが」

瑶二は吹き出し、壱哉がこめかみを押さえている。東条も嫌悪感を露《あら》わにした。

「なんだこれは。男のスーツにリボンにレースだと？　私をバカにしているのか。こんなものは却下だ」

「ずいぶんかわいらしいものを作ったね。まるで人形用だ。本当に君は変わっていないね、安心したよ」

揶揄《やゆ》するようにくすくすと笑う城ケ滝を、エレナは見据えた。

「あなたたちには聞いていません。これは優一郎くんのための服ですから」

まっすぐに優一郎のもとへ向かい、エレナはその場に膝をついた。

「優一郎くん、あなたの気持ちを聞かせてくれますか。私たちが作った服は、あなたを幸せに出来るでしょうか？」

優一郎はじっとトルソーを見つめていた。その黒い瞳に徐々に驚きが広がっていく。

チャコールグレーのスリーピーススーツは、形は優一郎が選んだデザインのものにアレンジを加えた。

襟とポケットには黒い刺繍糸で装飾の縁取りを入れ、袖とショートパンツの裾に黒いレースを縫い付けて華やかでフェミニンな印象に。ボタンは赤いコートについていたような花形のフレンチジェットボタン――そしてシャツの襟元には黒い大きなリボン。繊細なレースの縁取りがされた蝶結び《ラバリエール》のタイで飾った。

「……リボン」

「レースもリボンも私のとっておきのものです。優一郎くんは好きだと思って。はい。これ、かわいいから取っておいたんですよね？」

スカートのポケットからエレナはピンクのリボンを取り出した。優一郎の大きな瞳が揺れる。

あの時は気づかなかった。けれどすべては優一郎からの精一杯のメッセージだったのだ。飛行機もリボンも赤いコートも、本当の自分の在処《ありか》を示すための。

これはその返事だ。本当のあなたを見つけたよ――という。エレナはリボンを優一郎の左手首に結んだ。

「お姉さんから伝言です。『大事なコートは私が守るから大丈夫』って。でも、大切なものは時には自分で守らなくちゃいけないと私は思うんです。優一郎くんは、好きなものを諦めなくてもいい方法を知ってますか？」

「……うん」

「ちゃんと言葉にすることです。あなたがどうしたいか、本当の気持ちを話してみませんか？」

「もういい」東条が割って入ってきた。

「そんな女のようなヒラヒラした衣装を着て行けるわけがないだろう。お前は男だぞ、優一郎。いつまでもぬいぐるみや人形を欲しがったり、姉のお古など着たり、ただでさえ軟弱なんだ。せめて外では東条家の長男として堂々と」

「――勝手ですね」

膝をついたままエレナが上を見上げると、智広が東条に近づくのが見えた。被っていた愛想のいい笑顔の仮面が一瞬で剝《は》がれ落ちる。

「自分の都合で子どもを振り回す。それがどんなに彼らを傷つけるか知ろうともせず」

「何が言いたい」

「ちゃんと息子のことを見てやれって言ってるんだ。体面だの見栄だの気にする前に」

「おい、なんて態度だ！　お客様に対して」

「――壱哉さん、まだこっちのターンですよ。口を挟むのは遠慮願えますかね」

前に出ようとした壱哉の腕を織方が掴んだ。

その一言で十分だったらしい。凶悪ともいえる響きが一瞬で壱哉の動きを封じた。

「東条様は、優一郎くんのことをどこまでご存じですか？　どんな時に笑うのか、どんな時に悲しいと泣いているか、本当はどんなものが好きか。あなたに嫌われないよう、がっかりされないよう、どれだけ我慢をしてきたか」

迫ってくる智広に東条は面食らっていたが、みるみるうちに顔を激昂《げっこう》色に染めた。

「そんなこと言われなくともちゃんと見ている。自分の息子だぞ！　他人に——お前のような若造に言われる筋合いはない」

「娘さんのこともそうだ。なぜ出て行ったと？　子どもだから無視していいと思わないで下さい。自分の価値観を一方的に押しつけずに、ちゃんと息子さんやお嬢さんの気持ちを聞いてあげて下さい。無限に見えても時間には限りがあります。後になってお互いに後悔しないように、上から見下ろすのではなく、正面から向き合ってあげて下さい」

お願いします、と智広が東条に向かって頭を下げた。

「わ、私からもお願いします！　優一郎くんに選ばせてあげて下さい」

立ち上がり、エレナも一緒に頭を垂れた。

自分たちが選ばれなくてもいい。でもきっと今素直になることは、優一郎にとって必要なことだ。そして智広にとっても、自分にとっても。そんな気がしていた。

「――もういい、頭を上げたまえ」

東条はうんざりとため息を吐いた後、優一郎に尋ねた。

「優一郎、何か言いたいことがあるのか？」

「……」

「あるならちゃんと言いなさい」

優一郎は腕のリボンの端を握りしめている。頑張って、とエレナは心の中でエールを送った。声援が聞こえたように小さな卵形の顔が上を向く。

「……お父さん。僕はこっちが好き」

おずおずと優一郎が右手の人差し指を伸ばした。

「お父さんみたいに強い男のひとになれなくてごめんなさい……でも、僕はお姉さんたちが作った服がいい」

店内にいる全員に届く声だった。大きな瞳がうるうると波打っている。

「――そうか。お前はそんな風に思っていたのか」

東条が大きな手を伸ばす。叱られる覚悟をした優一郎がぎゅっと目を閉じた。でもその手は息子の小さな頭にやさしく置かれただけだった。

「初めてはっきりと言ったな、偉いぞ。そうだ、思うことがあるならそうやって主張すればいい。お前や優華に厳しくするのは怯えさせるためじゃない。困難に陥っても負けない心を持って欲しいからだ。……だが私の期待に応えようとお前は何も言えなくなっていたのだな。いつももじもじしているお前が心配で、きちんと道を示してやらねばと焦っていた。それが父親の務めだと。──気づかず、すまなかったな」

ぐりぐりと髪を撫でられて、優一郎はびっくりしていた。緊張で体をピンと伸ばしていたが、やがて安心したようにふにゃりと力を抜いた。

──あ、笑った……。

一度だけ見たあの笑顔だ。綻んだ小さなデイジーの花のよう。織方も智広も気づいたようで、三人だけにしかわからない和やかな一体感に包まれた。

「お前の笑った顔をずいぶん久しぶりに見たな。わかった。お前の意志を尊重しよう」

「あ、ありがとう、お父さん……！　僕、ごあいさつもがんばれるよ。たくさん練習する」

「そうか。頼もしいな」

つられたように東条も笑った。目元の皺がやさしいがどこかぎこちない。東条も笑うのは久しぶりなのかもしれない。

「広瀬社長、城ケ滝さん、申し訳ない。今回は息子の意向に沿うことにする。――三代目、やはり君のところにお願いしよう」

壱哉も瑶二も唐突に平手打ちを食らったように一言も紡げないでいる。

城ケ滝は冷静なままやりとりを眺めていた。でも目の奥は鋭く光っている。

怒りなのか悔しさなのかそれとも侮蔑なのか。でも探るのはやめた。エレナの中で、すでに決着はついていた。

「さっきの君の言葉で思い出したよ。渡したスーツは私がまだ若い頃昇進試験の面接の前に誂えたものでね。見栄えばかり重視してあれこれと要求した私を、二代目は笑った。『鏡映えするだけの服を欲しがる限り、あなたは今のままですよ』と。体形から次々と短所を言い当てられて私はあの時も短気を起こしかけたが、受け取ったスーツは自分の体の一部のように完璧なものだった。おかげで今までになく穏やかな心持ちで本番に臨めたんだ。二代目も何より人の心を大切にするテーラーだった。君は父上とよく似ているな」

「――ありがとうございます」

少し声を詰まらせて智広が顔を伏せた。

「君にも不快な思いをさせてしまったが、どうかよろしく頼む」

「は、はい！　あの、東条様にも気に入って頂ける最高のリメイクをしますので……！」

「楽しみにしているよ。出来れば今度は娘も連れて来よう。優一郎も喜ぶからな」

東条は優華と和解をしようと考えているようだ。

その変化も喜びつつ「お待ちしております」と、エレナは笑顔で返した。

東条から正式に依頼を受けて仮縫いの日程を決めた後、店じまいをした。三人で打上げ代わりに食事をしようということになって、その後アンバーに移動した。

——そっか、今日はクリスマスなんだっけ。

赤や緑の装飾に彩られた商店街の様子を、店内の暖気で少し曇った窓から智広はぼんやりと眺めた。

目に映る風景も、少し苦みの強いコーヒーの味も、いつもと同じ。クリスマスが終われば年末と新しい年が来る。でもうまく実感が湧かなかった。

——ずっと見たかったんだけどな。

悔しさを味わう壱哉と瑶二の顔を。でも実際に目にしても、心は静かに凪《な》いでいた。

エレナも織方も、いつもより無口だった。

望んだ結末は手に入れた。納得のいかない壱哉たちは東条の説得を試みていたが、東条は決定を覆さなかった。

しばらくは壱哉たちは手を出してこないだろう。これで退《ひ》くとは思えないが、年明けは新ブランドの正式発表も控えていて余裕はないはずだ。

平穏が戻るのはうれしい。でも勝利に対しては、さほど充実感はなかった。

――あの子はもう大丈夫かな。

必死になって頭を下げるなんて、らしくないことをしたと思う。でも優一郎の無邪気な笑顔が見られて救われた気がした。

自分の中にあったわだかまりも解けたように。そんなはずはないのに。

『君は父上とよく似ているな』

思考に隙間があくたびに、東条の言葉が頭の中を巡る。

あの時なぜ泣きそうになったのだろう。

父の話は酸化しきったまずいコーヒーのように、出来れば避けたいものだった。けれど苦さより感じたのは罪の意識と、最後に見た父の寂しそうな表情だった。

静かな食事を終えた後、エレナと織方とは別れた。

年内は三十日まで営業する予定だ。この三日間休みにするため仕事は全部日程を後にずらしている。明日からは大忙しだ。

『すみません。これからお店に来てくれませんか？』

エレナから電話があったのは自宅でシャワーを浴びて、明日からの予約のスケジュールの確認をしていた時だ。話があるという。表示された番号は店のものだった。

時刻は九時過ぎ。どうしてまだ帰っていないのだ。

部屋着のままブルゾンを引っかけて、車のキーを摑んだ。

今夜はレガーロの後輩から「遊びに来ません？」と誘われていたが断った。クリスマスは稼ぎ時だ。どこの店も派手なイベントを企画する。でも静かに過ごしたかった。

それなのに着替えもせず車に飛び乗った自分がなんだか滑稽《こっけい》に思えた。

今日城ケ滝とエレナは最後まで一言も言葉を交わさなかった。城ケ滝の去り際に数秒見つめ合っていたけれど、まさかあの男の話なのか——アクセルを踏み込む。

——バカかな、オレ。

また泣き顔を見る羽目になったら、今度はヤツを本気で殴りに行こうと考えている。

すっかり保護者気分だ。そもそもエレナは無防備すぎるのだ。忘年会の時だって、本当は酔ってあちこち絡みまくり、あやうく智広の友人にお持ち帰りされるところだった。引きはがさなかったらどうなっていたことか——。

契約している駐車場へ着くと智広は店へ向かった。

「ネルちゃん？」

照明がついた店内には誰もいなかった。でも床にリボンや生地の端切れなどが点々と落ちている。

——前にも同じことがあったな……。

半開きのアトリエのドアの向こうへ道標は続いている。辿って来いと言わんばかりに。

またスイッチがオンになって何かを作り始めているのか。しかしアトリエにも人気はなかった。端切れの矢印はさらに奥まで延びていて、終点は仮眠室の壁にある扉の前だった。

——こんなところにドアなんてあったっけ？

この中にいるのだろうか。とりあえず開けてみようと手を伸ばす。

扉をくぐった瞬間——懐かしい匂いに包まれた気がした。しかしその正体を摑むより先に、深い青に目を奪われる。

——ダークブルーの……三つ揃え？

中は数畳ほどの広いウォークインクローゼットだった。その真ん中にスタイリングされた紳士用のトルソーがぽつりと立っている。

夜が溶けるのを待つ空のような、謎を秘めた深い海の底のような、なんともいえない奥深い色のタイトなジャケットとベスト。同じ色のスラックスもハンガーに掛けてある。

イセを多くとったロープドショルダー、しなやかなラペルの返り、張りのあるボディ、技術が詰まった見応えのある作品だ。織方が作ったのか。けれど何かが違うような――

「悠木さん。お待ちしていました」

トルソーの向こうにエレナと、なぜか織方がいた。スーツに見惚《みと》れていたせいで気づかなかった。

「びっくりしました？　すみません呼び出して。でもさっき完成して、ちょうどクリスマスだし、早く見せたくて！」

エレナはなぜか興奮している。頬がバラ色だ。不思議な虹彩を隠し持つ瞳は、イルミネーションを映したように輝いている。

「このクローゼット、隠し部屋みたいでしょう？　ここにあるのはすべてお父さんから悠木さんへのプレゼントです。このスーツも」

「――は？　待って、何それ。どういうこと？」

「これはオヤジがお前のために用意してたもんなんだよ。それを俺たちで仕上げた。そろそろ渡す時だと思ってな」

「……オレに？」

トルソーに再び目を向ける。織方の言葉で、さっき感じたものの正体に気づいた。これは父の匂いだ。子どもの頃、ここが遊び場だった頃の匂いだ。

「本当のことを言ったら悠木さん来ないと思って、話があると言いました。それから、ここにあったスーツを一着解体しました。先代のことを知りたくて……すみません」

エレナが頭を下げたと同時に、トレードマークの三つ編みが一緒に垂れた。

「私の知らない技術がたくさん詰まっていました。技術だけじゃなく、見えないところにも着る人への思いやりや配慮がちりばめられていて。本当に仕立ての仕事が好きだったんですね。先代の腕には及びませんが、限りなく近く再現したつもりです。あ、肩入れは私がしたんですよ！　でもイセ込むのはナナさんのほうが上手で――」

「……なんで仕上げたの」

「え？」

「親父、織方さんに頼んだの？　オレに渡してって」

「いや違う。だが、これはオヤジの特別な一着だからな。生地は直接イギリスから仕入れてきた一点ものだ。本当は自分の手で全部作りたかったはずだ。お前が跡を継ぐ時に渡せるように」

「そんなの子どもの頃の夢だろ。もうとっくに忘れてたよ」

『二度とお節介はするな。顔も見せないでくれ』

最後に父に言った言葉。まとわりつく過去の記憶を振り払う。

こんなのは卑怯だ。深く深く、終わりの見えない青が目に染みる。感傷的な気分になんてなりたくない——自分で遠ざけたのだ。

「悠木さん、ここでお父さんの仕事を見るのが好きだったんですよね。学校が終わるといつも来て、お店の窓から覗く。お父さんが手を振ったら、入ってもいいよの合図だった」

いきなりエレナが話題を変えた。

「『いつかお父さんみたいな仕立屋さんになる』って小学校の作文で書いたの覚えてますか？　校内に貼り出されたんですよね。あとはお父さんがいない時にぶかぶかのスーツを着て真似してみたり、誕生日にお裁縫セットもらって、お母さんのハンカチにお父さんと一緒にお花の刺繍したり。あ、学校でクラスの女の子を助けていじめっこと大ゲンカしたんですよね？　小学生の時から悠木さんはフェミニストだったんですね……。それでお父さんが迎えに行ったら、鼻に絆創膏貼った姿で『お父さんが作った服を着れば出世する』って先生に営業してて」

——なんで……そんなこと知ってるんだ？　話したことないのに。

まるで父親から聞いてきたかのように、エレナの口調は淀みない。

「俺が言ったんじゃねえぞ。ここに書いてある。そのスーツの型紙だ」

織方が紙の束を智広に寄越す。鉛筆であちこちに書かれている文字は見たことのある筆跡だ。

「……親父が書いたの？」

「ああ。何度も見てきただろう。うちの型紙には」

「……大切な思い出が書いてある」

「そうだ。オヤジを無理に許せとは言わん。でもそん中にあるのは言い訳でも弁解でもねえ、愛情だけだ。それだけは信じてやれ」

織方の手が智広の肩を摑む。

「悪かったな、智広。お前がキツい時に俺は何もしてやれなかった。お前がオヤジを恨むのは半分は俺のせいだ。何もかも全部知ってたんだからな」

「……謝ることない。織方さんはずっと気にかけてくれてたでしょ」

毎年誕生日や母親の命日を覚えていてくれた。時々さりげなく「メシ行くか」と連絡をくれた。遠ざけた父親の代わりに。

店に残ってくれたのも、義兄の風よけになろうとしてくれたからだと知っている。ランタナの番犬は、どこまでも仁義に厚い良い男なのだ。

「今さら知っても意味ないよ。もう親父はいないんだ」

「そうですよ」エレナが言った。

「お父さんはもうどこにもいないんですよ。最後に言った言葉を後悔しても、同じ靴を履いても、このお店で待っていても、もう会えないんですよ」

不意ちで秘密を暴かれたような気分だった。

その通りだ。とっくに気づいている。何もかも遅いということを。

だから頭を下げたのだ。優一郎には自分のように後悔して欲しくなかった。

でも本当は、ただ誰かを通して自分が楽になりたかっただけなのかもしれない。

「人に思い出が必要なのは、ただ縋るためじゃなくて強くなるためだと思うんです」

背中越しにエレナの声が響いた。

「心の綻びを直して、もう一度自分の人生に戻るために。私たちは針と糸でそのお手伝いをする。今日はあなたの番です。どうかお父さんの最後の思い、受け取ってあげて下さい」

また明日、と後ろでドアが閉まる。部屋に一人きりで残される。

「……こんないいスーツ、オレにはもったいないだろ」

あの人が生きている時に完成していたら何かが変わったのだろうか。

——いや、きっと拒絶する態度を自分は取り続けていただろう。また次がある。どこかでそう思って。

「——父さん……っ……」
『次』がもう永遠に来ないなんて。息苦しさに喘《あえ》いだ。
針には魔法が宿るとエレナは言った。魔法でもなんでもいい、もう一度会えたら。
型紙が両手の中でくしゃりと歪む。こんな風に泣くのはいつ以来だろう。
クリスマスの夜はもうすぐ終わる。静寂の中で。
溢れ落ちていく思い出とともに、智広はただ立ち尽くしていた。

エピローグ

「——よし、と」

最後に祖父の本とレース帖を詰め込み、革のトランクケースをエレナは閉めた。

年が明け、もう三月になった。部屋に射し込む陽差しも少しずつ暖かくなってきている。

大仕事を終えたような気持ちで「ふう」と息をついて、エレナはすっきりと片付いた自室の中を見渡した。

——なんか殺風景になっちゃったな……。

好きなものだけで溢れていた自室は、今はもとからある家具が置かれているだけだ。

リビングやキッチンも同様に、出来る限りきれいにした。店舗にある品物もすべて引き取り手がついている。後は運び出せばいい。

——まさか、この家を出て行こうと思うなんて。

家は売ろうと思っている。店も閉めることにした。

円佳は寂しそうだったけれど「ネルさんが決めたなら」と言ってくれた。手続きや査定はまだだが、先に出来る限りの準備はした。

祖母と過ごした大切な場所。一生手放すことはないと思っていた。

変化が生まれたきっかけがあるとしたら、城ケ滝との勝負がついたことだ。

あのクリスマスの日、城ケ滝とは一言も言葉を交わすことはなかった。最後に店を去る前にほんの数秒だけ目が合っただけの、あっさりした決別だった。

それで十分だと感じたのは、きっと心の整理がついたからなのだと思う。

その後の二か月間は忙しかった。ひたすら仕事に没頭した。

店にはさらにうれしいこともあった。

かつてランタナに在籍していたスタッフが一人戻ってきてくれたのだ。新しい職人も一人雇い入れ、オーダー量も増やせるようになった。

「しばらく手を出して来ないよ」と智広が言った通り、壱哉たちはその後邪魔や妨害をしてくる気配はない。というかそれどころではなくなってしまったのだ。

城ケ滝のスキャンダルが週刊誌に掲載されたのである。

彼は今までデザイナー志望の若い女性たちと関係を持ち、そのたびに彼女たちのデザインを盗用していた。「デビューを約束する」そんな言葉で手なずけていたが、なかなか独立させない城ケ滝にしびれを切らし、現在のアシスタントが週刊誌にリークしたのだ。

そこから過去の盗作疑惑がボロボロと飛び出し、あっという間に人気デザイナーはその地位を追われることになった。

智広が持ってきた週刊誌には講師時代のことは書かれていなかったが、おそらくエレナ以外にも同じように恋人と錯覚して傷ついた女の子がいたのではないだろうか。

報道を受け、壱哉サイドが大騒ぎだったことは言うまでもない。ブランドの顔を失うという大打撃に加え、パターンオーダー用に開発中だったサンプルも盗作の可能性があるとして使用できなくなった。振り出しに戻ったと言っても大げさではない。

火消しに追われ、新ブランドのスタート時期は未だ先延ばしになったままのようだ。メインデザイナーも決まっていないという。

――悠木さんは何もしてないと言ってたけど。

記事が掲載されたのは一月。ちょうど新ブランドのデザイナー陣が発表された後だった。タイミングがよすぎるように思うのは気のせいだろうか。

何より不思議だったのが、ランタナが混乱の煽りをほとんど受けなかったことだ。オーダーショップの候補地になっていたことで、そのトラブル関連や城ケ滝について問い合わせなどはあったが、その程度だった。智広と壱哉たちの関係性をマスコミがつつくのではないかと案じていたがそのようなこともなかった。

――悠木さん、マスコミに知り合いが多いと言っていたけど……まあ、いいか。

それ以上追及しないことにする。今回の騒動は、結局は城ケ滝の自業自得である。遅かれ早かれ悪事は暴かれていたはずだ。

「おばあちゃん。私、外の世界に出てよかった」

トランクケースを離れ、窓辺にある祖母の形見のトルソーに手を触れた。こうしていると、天国の祖母と話をしているような気持ちになれるのだ。

――幸せそうな笑顔がたくさん見られたよ。

仕立屋が関わるのはその人の生涯のほんの一時だ。それでもたった一着の服が人生を変えることがある。そんな奇跡があることをもう自分は知っている。

優一郎はエレナがデザインしたスーツを着て立派に社交デビューを果たした。

練習すると言っていた挨拶は緊張しすぎて完璧とはいえなかったが、リボンスーツを着た優一郎の果てしないかわいらしさは場を和ませ、招待客からは絶賛の嵐だったという。

写真を持って来店した東条はすっかりやに下がった顔で自慢していた。

近頃では妻や優華に「甘やかしすぎ」と言われるくらい優一郎を溺愛しているという。でも愛情の深さが変わったわけではない。ただ、愛し方を少し間違えていただけだ。

優一郎の装いに興味を持ったパーティの参加者もいて、自分の子にもと後日オーダーが入るというううれしい相乗効果もあった。

昔の客たちも順調に戻ってきており、智広がコーデ例などを掲載している宣伝用SNSも好評だ。最近はプロのモデルやカメラマン、ネイリストのナナまであらゆるコネやツテを総動員して協力者を集め、プロデュースがどんどん本格的になっている。

時々カウンセリングカフェの客の中には、エレナにリメイクの相談や服のオーダーをしにくる人もいる。エレナのオリジナルやリメイクした服を智広がコーデで使用するようになってからだ。

かわいい。素敵。これを着ておでかけしたい。

その声を形にするのがエレナの新しい夢になった。

祖母のようなドレスメーカーになるために、毎日ミシンを踏んでいる。

「私に、針の魔法を授けてくれてありがとう」

トルソーの胸にそっと額を寄せた。

祖母と過ごした時間はかけがえのないものだった。でも——ここからは自分の力で歩いて行く。新しい場所で、新しい自分で。

重たいトランクケースを持ち上げ「行ってきます」と窓辺に手を振る。

でもすべては戻ってきてからだ。今日、エレナはイギリス旅行へ発《た》つ。

一度見てみたかった祖母の故郷へ。イギリス北部にあるリーズという町の郊外だ。

羊が草をはむエメラルドの牧草地、本物のエバーグリーンの森を見に行く。

存分にイギリスを周遊し、各地のアンティークショップ巡りもする予定だ。

もう買い付けの必要はないが、素敵なアンティークレースに出会えるかもしれない。想像しただけでよだれが出そう。

トランクの重さも忘れるくらいるんるんとした足取りで自室からリビングへ移動した時、店舗の方から、けたたましくドアが開く音が聞こえた。

「ネルちゃん！　いる⁉」

トランクを置いて行ってみると、慌てた様子で駆け込んできたのは智広だった。

深いダークブルーのスリーピースのスーツが視界に飛び込む。びっくりしたのと同時に
——不覚にもときめいた。

「え……悠木さん、どうしてここに？」

「どうしてはこっちのセリフだよ！　どこへ行く気なんだよ」

「どこって……イギリスですけど」

二週間の休暇を申請した時に行先は告げたはずだ。智広も「いいね。楽しんできて」と

言ってくれたではないか。なのにどうして切羽詰まった顔で駆け込んでくるのだ。

「旅行だって言ってたけど、そのまま帰ってこない気なんだろ？」

「え？　どうして？」

「家を売るつもりだって織方さんから聞いた。引っ越すって」

「え？　あ～はい、そのつもりです。ちょっとしんどいなと思っていたんですよね……それで思いきって移り住もうかと」

「はあ⁉　なんなんだよ急に！　辞めるとか納得できないから。うちの店には――ああ、もう！　オレはネルちゃんを手放すつもりはないから！」

「北千住に――え？」

「え？」

智広と見つめ合う。

その焦りの理由に、大きな勘違いが生じていることに、お互いが気づくのは数十秒後。

恋をしなさい、と春の陽差しに似た祖母の微笑みが言った。

開け放たれたドアから、新しい季節の予感を載せた微風がふわりと吹き込んだ。

参考文献

『野口光の、ダーニングでリペアメイク　お繕《つくろ》いの本』野口光（著）日本ヴォーグ社
「MEN'S EX特別編集　完全保存版　本格スーツ大研究　紳士のスタイル、極めたい人へ（BIGMANスペシャル）」世界文化社
『紳士服を嗜む　身体と心に合う一着を選ぶ』飯野高広（著）朝日新聞出版
『「お繕《つくろ》い」で服を育てる。』堀内春美（著）主婦の友社
『テキスタイル用語辞典』成田典子（著）テキスタイル・ツリー
『新版　モダリーナのファッションパーツ図鑑』溝口康彦（著）福地宏子・數井靖子（監修）マール社
『Men's モダリーナのファッションパーツ図鑑』溝口康彦（著）福地宏子・數井靖子（監修）マール社
『増補改訂　イギリス菓子図鑑　お菓子の由来と作り方』羽根則子（著）誠文堂新光社

光文社文庫

文庫書下ろし
思《おも》い出《で》トルソー　針《はり》の魔法《まほう》で心《こころ》のホコロビ直《なお》します
著　者　貴《たか》水《み》　玲《れい》

2022年7月20日　初版1刷発行

発行者　鈴　木　広　和
印　刷　ＫＰＳプロダクツ
製　本　ナショナル製本

発行所　株式会社　光　文　社
〒112-8011　東京都文京区音羽1-16-6
電話（03）5395-8149　編　集　部
8116　書籍販売部
8125　業　務　部

ISBN978-4-334-79391-3　Printed in Japan

組版　萩原印刷